負けヒロインと俺が付き合っていると周りから勘違いされ、幼馴染みと修羅場になった

vol.1

ネコクロ Nekokuro
illust. piyopoyo

「ゴホッゴホッ！　の、喉が……！」
寒気がするほどに冷たい声が
真後ろから聞こえてきた陽は、
驚いて勢い強く
麺をすすってしまった。
葉桜陽
You Hazakura
根本佳純
Kasumi Nemoto

「――ロリコン」
神風凪沙
Nagisa Kamikaze
木下晴喜
Haruki Kinoshita
「は、葉桜君、大丈夫ですか!?」
秋実真凛
Marin Akimi

「彼に関わってはだめと何度も忠告したわよね？」
「彼は、信頼できる御方ですよ」
学校の二大美少女と評される二人が、
意味ありげなやりとりを
しているのだから、
周りが注目しないはずがなかった。

負けヒロインと俺が付き合っていると周りから勘違いされ、幼馴染みと修羅場になった 1

ネコクロ

CONTENTS

illustration : piyopoyo

第一章 ● 金髪美少女は黒髪美少女に負けたようだ

「でさ、この前行った喫茶店がよくて――」

「なぁ、この後ゲーセン行こうぜ」

「やべぇ、早く部活行かねぇと！」

放課後になった途端、一気に活気を帯びるクラスメイトたち。

そんな彼らを眺めながら、教室の隅っこの席に座る葉桜（はざくら）陽（よう）は、つまらなそうに溜息（ためいき）を吐（つ）いていた。

（馬鹿みたいだなぁ……）

陽にとって学校生活ほどつまらないものはなく、親に強制されていなければとっくに学校なんてやめていることだろう。

彼にとって学校に通うことは時間を奪われてしまうというデメリットであり、メリットなんて何一つなかった。

うるさくはしゃぐクラスメイトたちと話すことは億劫（おっくう）だし、授業で習う内容も陽には必要がないものばかり。

だから毎日どうやって親を説得して学校をやめようか、そればかりを考えていた。

社交性もなく、ましてや話しかけても冷たい態度を取る陽に対して、クラス内に近寄ってくる変わり者はいない。

テストはいつも赤点ギリギリで、体育でも手抜きをしている陽のことを、クラスメイトたちは陰キャ、もしくは落ちこぼれだと思っている。

両者ともに歩みよることをしないため、必然的に陽はクラスで孤立してしまっていた。

(——さて、人もいなくなったし帰るか)

クラスメイトたちが一人もいなくなったところで、陽はゆっくりと椅子から立ち上がる。

誰もいなくなった静かな教室。

その雰囲気は何か不思議な物を感じるため、学校嫌いの陽でもこの空間は好きだった。

しかし、いつまでもここにいれば、鍵を閉めに来た先生と話すことになるので、陽は名残り惜しくも立ち去ることにする。

(——ん？　あの三人は……)

下駄箱を目指して歩いていると、ここ最近学校内で話題となっている三人組が、廊下で話しこむ姿を見つけてしまった。

一人は、綺麗な黒髪を長く伸ばす、清楚で可憐な美少女。

誰もが憧れる彼女は、どこか気の強さを感じさせる凛とした顔立ちをしている。

もう一人は、フワフワとした綺麗な金髪が特徴の、優しい顔立ちをしたかわいらしい童顔の美少女。

小柄な彼女は、思わず守ってあげたくなるような小動物的存在に思える。

そして最後の一人は、パッと見どこにでもいそうな平凡な男。

特徴的な顔つきをしているわけでもなく、ましてや勉強やスポーツが得意というわけでもない男だ。

しかし、この平凡そうに見える男は、なぜかこの学校の二大美少女と呼ばれる二人に、好意を寄せられていた。

その二大美少女とは言わずもがな、陽の目線の先にいる清楚で可憐な美少女と、かわいらしい童顔の美少女だ。

正直陽は、どうしてあの男がこの美少女二人に好かれているのかわからないでいた。

だけど他人に興味がない陽にとっては、そんなこともどうでもいい。

だから三人が話しこんでいる姿は見なかったことにして、この場を立ち去ろうとする。

しかし――踵を返した瞬間に聞こえてきた声で、思わず足を止めてしまった。

「――私ではなくて……根本さんとお付き合いなさる、のですか……?」

聞こえてきたのは、強張りを持ったかわいらしい声。

三人の声を知っている陽は、誰がその声を発したのか理解してしまった。

（修羅場、か……？）

思わず振り返る先では、泣きそうな金髪美少女――秋実真凛に、男が手を伸ばそうとしていた。

だけど、彼女はその男から逃げるように身を引き、目に涙を浮かべながら笑顔で口を開く。

「そうですか、わかりました。お二人とも、お幸せになってください。では、私はこれで――」

「あっ、真凛ちゃん！」

いきなり走り出した真凛の名を男が呼ぶが、真凛は振り返ることをせず、タタタッと陽がいるほうに駆けってきた。

そのことに気が付いた陽は、振られる現場を見てしまったことで気まずくなり、慌てて壁に身を隠してしまう。

すると、真凛は曲がり角を曲がってきて、陽の存在に気が付かずに目の前を走り抜けてしまった。

そしてそのまま階段を上っていく。

すれ違う際に彼女の横顔を見た陽は、なんとも言えない気持ちになった。

男はどうするのだろう。

そう疑問に思った陽は、壁から顔を覗(のぞ)かせて男たちがいたところを見てみる。

すると、真凛に逃げられた男――木下晴喜(きのしたはるき)は、黒髪美少女と話をしているだけで、後を追う様子はなさそうだった。

（まぁ、あっちを選んだのなら、ここは追わないのが正解か……）

真凛を振り黒髪美少女――根本佳純(かすみ)と付き合うことを選んだのなら、ここで真凛を追うことは悪手と思われる。

彼女になったであろう佳純には嫌な思いや不安を抱かせるし、真凛には未練を残させてしまうからだ。

ここにいても仕方がない、そう思った陽は家に帰ろうと一歩足を踏み出す。

しかし――先程の真凛の横顔が脳裏に焼き付いてしまっており、このまま帰ると今日一日変な考えごとをしてしまいそうだった。


――それに、他にも思うことはある。


「…………」

陽は一歩踏み出したものの前に進むのはやめ、その場で思考を巡らせる。

そして、下駄箱ではなく階段に向けて足を踏み出した。

「多分屋上、だな……」

今もなお聞こえてくる階段を上る足音で、陽は真凛がどこに向かっているのかを理解する。

だから慌てて追いかけることはせず、追いついた後にどう声をかけるか、という方向へと思考を切り替えた。

やがて、錆びてしまったドアの前へとたどり着く。

錆びたドアをゆっくりと開けると、ギィーッと耳障りな音がしてしまった。

「晴(はる)、君……？」

その音のせいで、先客は期待したかのような涙目を陽に向けてきた。

しかし、追ってきた人間が別人だと気が付くと、途端に気まずそうな表情に変わってしまう。

そして、すぐに顔を背けてしまった。

「悪いな、木下じゃなくて」

期待を裏切ってしまったことに対して、陽は素直に謝る。

「いえ、私のほうこそごめんなさい。お話をさせて頂くのは一年生の時以来ですね、葉桜君」

陽の謝罪に対し、真凛は顔を背けたまま努めて明るい声を出した。

（相変わらず、凄(すご)いメンタルだよな、こいつは……）

実は、陽は噂(うわさ)以外でも彼女のことを知っていた。

いや、正確には、彼女を含め先程の三人組とは面識がある。

というのも、一年生の時に陽は、彼女たちと同じクラスだったのだ。

「まぁ、そうだな」

「今日はどうなされたのですか？　あなたがこの時間に帰っていらっしゃらないの、は珍しいですね。それに、屋上にこられたことも」

「俺でも、たまには放課後に屋上へと来たくなることだってあるさ」

「そう、ですか……。ごめんなさい、今はその……葉桜君とお話をする余裕は、ないです……」

陽の言葉から、すぐに立ち去らないことを理解したのだろう。

真凛は変に取り繕うのはやめ、素直に自分の今の状態を伝えてきた。

ここで陽にどこかへ行くように言わないのは、彼女が優しいからである。

他人に対して迷惑を掛けたくない、傷つけるようなことをしたくないと思う子だ。

だからこそ、唯一陽に対しても対等に話をしてくれる。

「気にするな、俺から話しかけるつもりはない」

「ありがとう、ございます……」

真凛はお礼を言うと、屋上の隅――フェンスまで移動してしまった。

まさか飛び降りないとは思うが、一応陽は彼女の行動を注視する。

しかし、彼女はフェンスに手をかけるだけで、登ろうとはしなかった。

その代わり、フェンス越しに、運動場へと視線を向けた。

放課後のため、運動場ではいろんな運動部が元気よく活動をしている。

真凛の想い人は運動部ではないので、そこにはいないはずだが、ただ単に景色を眺めたかったのかもしれない。

だけど、当然屋上へと来た本当の目的はそれではない。

少しして、彼女はギュッとフェンスを握りしめ、小さく肩を震わせ始めた。

「ひっく……ぐすっ……」

小さく漏れ出る声は風に乗り、無情にも彼女の今の気持ちを語りながら陽へと届いてしまった。

陽は言葉にした通り、彼女へ慰めの言葉をかけることはせず、ただ黙って目を閉じる。

そして、時間が流れることだけを待った。

やがて――二時間が経った頃、ようやく彼女は顔をあげる。

その頃には太陽は沈み始めていて、夕焼けに染まった屋上は綺麗なオレンジ色に包まれていた。

そんな中、彼女はニコッと陽に笑顔を向けてくる。

「ごめんなさい、みっともないところをお見せしてしまいましたね」

屋上のドアが開く音がしなかったことから、彼女は陽が立ち去っていないことに気が付いていたのだろう。

それでも、泣いている姿を見られたことに対して咎めてくるのではなく、陽に対して気遣いを見せてきた。

正直に言うと、陽は真凛のことが苦手だ。

一年生の時に、放っておいてほしかった自分に話しかけてくるどころか、色々とお節介を焼いてきていた。

その上、何かあるといつも真凛は自身を責めるだけで、他の誰かのせいにしようとしない。

そんないい子の代表であるかのような彼女に対して、陽はどう接したらいいのかわからなかったのだ。

彼女が優しいだけに、他の人間にしているような突き放す態度は、さすがの陽でもできなかった。

「謝られる理由がわからないし、みっともないところを見たつもりもない」

「……ご質問、させて頂いてもよろしいでしょうか？」

陽の態度を見て、真凛は少しだけ考えた後に、聞きたいことがあると言ってきた。

何を聞きたいのかは察しがつくものの、陽はコクリと頷くだけで彼女に会話のボールを戻す。

すると、真凛は気まずそうに笑って口を開いた。

「もしかして……晴君たちとのやりとりを、見られてしまいましたでしょうか……？」

陽がわざわざ自分の許に来た理由など、それしか考えられない。

そういう考えがあって、聞いてきたのだろう。

しかし、陽は首を縦ではなく横へと振る。

「さて、なんのことかわからないな。俺はただ、この綺麗な夕陽を見に来ただけだ」

明らかに下手な誤魔化し方ではあったが、陽は見ていないと主張をして、夕陽に視線を向けた。

これは、別に見ていたことを咎められると思って、誤魔化したわけではない。

真凛が、振られる場面を誰かに見られて喜ぶはずがないので、そうしたのだ。

もちろん、真凛が騙されないことも理解している。

夕陽を見るにしては随分と早く陽は屋上を訪れていたし、普段泣かない真凛が泣いていることを目にしても、動揺どころか疑問すら浮かんでいる様子を見せていない。

そのため、明らかに事情を知っていると真凛にはわかってしまうのだ。

だから陽は、真凛が騙されなくていいと思っている。

ここで大事なのは、見たということを言葉にしないことなのだから。

少なくとも言及さえしなければ、たとえ知っていたとしても、こちらは言いふらすつもりはないとアピールできる。

陽の性格を少なからず理解している真凛には、それだけで十分だと陽は判断していた。

「夕陽、お好きなのですか……？」

予想通り、真凛はもう先程の話題には触れてこなかった。

それどころか、気分転換に利用するために、陽が言った言葉へと話を膨らませたようだ。

「好きだな。秋実はこの綺麗な光景を見て何も思わないか？」

陽は真凛の質問に答えた後、今度はこちらから質問を投げる。

そして真凛へと視線を向けると、彼女は潤んだ瞳で夕陽を見つめ始めたところだった。

「確かに……綺麗、ですね……」

どうやら彼女も、この風景が気に入ったようだ。

だけど――その表情はどこか寂しそうで、悲しそうに見える。

夕陽に照らされる彼女の横顔を――失礼ながらも、陽は綺麗だと思ってしまった。

それから数分間、真凛は夕陽に視線を向け続けた。

その間陽は何を見ていたかというと、綺麗な夕陽ではなく彼女の横顔だった。

儚く消えてしまいそうなくらいに弱々しい表情は、不思議と陽の心を掴んでしまう。

きっとそれには、夕陽に照らされていることも関係しているのだろう。

しかし、それを差し引いても美しいことには変わりなかった。

（我ながら、嫌な性格をしているな……）

振られたことで引き出された表情を綺麗だと思ってしまった陽は、心の中でだけそう自嘲的に笑う。

陽は綺麗な物や美しい物――そして、幻想的な物が凄く好きだ。

だから休日は、綺麗な景色や幻想的な空間を求めてよく遠出をしている。

それくらい綺麗な物に魅了されてしまう陽だが、今まで人に対してその感情を抱いたことはない。

それなのに、自分ですら不思議と思うくらいに陽は真凛の横顔に魅了されてしまった。

たとえその表情が、告白で振られたからこそ引き出されていたとしても、綺麗であれば陽にとって問題はなかった。

同時に、そんなふうに考えてしまう自分に対して呆れてもいる。

（あいつでさえ、こんなふうに思ったことはなかったのにな……）

思わず、陽はそんなことまで考えてしまった。

――やがて、横顔を見つめられていることに気が付いた真凛が、はにかんだ笑顔で陽の顔を見上げてきた。

「私の顔に何か付いておりますか？」

どうして陽が見つめていたのか――それは、察しがいい彼女なら既に気が付いていたことだろう。

見た目は天然系の小動物に見える真凛だが、実際の性格や考え方は天然からほど遠い。

彼女は、気配りができる大人の女性で、とても賢いのだ。

だから真凛は、誰よりも容姿が優れていることを自覚している。

その上で、お高く留まったり鼻にかけたりしない、とてもいい性格をしていた。

――だけど、それがいつもいい方向に向くとは限らないのが現実だ。

「お前は強いよな」

「えっ……？」

予想外の言葉を言われ、真凛のクリクリとした瞳が一瞬だけ大きく見開かれる。

陽はそんな彼女の目から視線を逸らし、再度夕陽へと視線を向けた。

「嫌なことがあってもいつも笑顔でいようとするし、辛いことがあってもすぐに笑おうとする。普通の人間なら、誰かに打ち明けて慰めてほしいと思うようなことでも、お前はあえて笑おうとする。そんな心が強い奴、他には知らないよ」

陽は真凛のことが苦手だが、それは嫌いという意味ではない。

むしろ尊敬できる人間だと思っていた。

だから、素直に真凛のことを褒めたのだ。

「驚きました……。葉桜君に、そのように思って頂けていたなんて……」

てっきり陽に嫌われていると思っていた真凛は、言葉にした通り驚いたように陽の顔を見つめてくる。

まるで、信じられない物でも見ているかのような表情だ。

そんな真凛の表情を見た陽は、思わず苦笑してしまった。

「俺だけでなく、秋実を知っている人間のほとんどがそう思っているだろ」

真凛は陽だけに対して今のような態度をとっているのではなく、全員の前でそのような態度をとっている。

だから必然、皆陽と同じ感想を抱いているはずだ。

――しかし、全てが同じ考えを抱いているというわけではない。

秋実真凛という人間は、見た目とは反するように強い子だ、という考えは同じだ。

だけど、強いからといって、傷つかないというわけではない。

そのことを錯覚する人間は多く、おそらく先程真凛を振った晴喜(はるき)も、錯覚している側の人間だ。

だからこそ、真凛を追うことをしなかった。

おそらく、別の女の子が相手であれば、晴喜は後を追いかけていただろう。

彼はそんなお人よしの性格をしている。

それなのに、どうして真凛を追わなかったのか――それは、真凛ならすぐに立ち直ると思っているからだ。

しかし、陽はそう考えてはいなかった。

陽と晴喜の認識の違い――それは、強く見える人間でも脆(もろ)いところがある、というのを知っているか知っていないかの違いだった。

陽は知っている。

普段強く見せている人間が、弱い一面を見せた時の危うさを。

どんな時でも笑顔でいようとしている真凛なのに、振られた直後は我慢ができず泣いてしまい、その後すぐに逃げてしまった。

本来の彼女であれば、何がなんでも笑顔で取り繕いきっただろう。

真凛の懐は、陽のような男を気に掛け続けていたくらいに、異常な広さなのだ。

そんな彼女が取り繕いきれないほど、晴喜への想いは強かったことになる。

要は、振られた際に受けているダメージが大きすぎるのだ。

現に、第三者である陽の前で、彼女は我慢できずに長時間泣き続けてしまった。

今でこそ笑顔で話しているものの、それも無理をしているのがありありと伝わってきている。

そんな状態を、自然回復に任せるのは危険だった。

少なくとも、この想いを真凛は引きずり続け、学校で晴喜たちの姿を見かけるたびに傷ついてしまうだろう。

そうなったら最後、どのような道を選ぶか――可能性としては、最悪なケースだってありえる。

だから陽は、真凛の後を追ったのだ。

葉桜陽は、決してお人よしというわけではない。

見ず知らずの誰かを救おうなんて、そんな善人ぶった考えも持ち合わせていない男だ。

だけど、少なくとも自分を気に掛け続けてくれた人間に対しては、義理を果たす人間だった。

「でもな、辛い時は吐き出していいと思うぞ。強い人間だって、泣き言を言いたくなることはあるんだからな」

そう言う陽は、夕陽から視線を戻して真凛の目をジッと見つめた。

「……あなたは、私を慰めに来てくださったのですか……？」

陽の言葉を聞き、陽の目を見た真凛は、バツが悪そうに尋ねてくる。

しかし、陽はゆっくりと首を横に振った。

「俺がそんなことをする人間に見えるか？　言っただろ、夕陽を見に来ただけだって」

あくまで陽はその姿勢を崩さない。

しかしこれは、全てが嘘というわけでもなかった。

真凛に対して思うところがあり、そのフォローをしに来たのは確かだ。

だけど、陽は彼女を慰めるつもりはない。

いや、慰めようとしても、慰められないことを理解していた。

だから、彼は真凛を慰めに来たわけではないのだ。

「ただ……泣くほど辛いのに、それでも無理に笑おうとしている秋実を見て、よくないと思った。我慢をすることは確かに大切だ。だけど、辛いことをずっと胸に秘め続けることは、かなりしんどいだろ？　だから、吐き出せるのなら吐き出すに、越したことはないんだよ」

負の感情を溜め続けた結果、人は壊れてしまう。

もしくは、限界を超えた時に溜まりに溜まった負の感情を一気に吐き出してしまい、取り返しのつかない事態を引き起こす。

真凛の性格上、おそらく前者になるだろう。

彼女は、不満などを周りにぶつけることができない優しい性格をしている。

そして、そのせいで行き場を失った負の感情は、真凛を苦しめてしまうのだ。

だから陽(よう)は、手遅れになる前にその感情を吐き出させたかった。

「ここには俺以外に誰もいない。だから、遠慮なく吐き出せばいいじゃないか」

笑顔を向けるわけでもなく、ただ無感情にそう言う陽を前にして、真凛はジッと目を見つめ返してきた。

そしてお互い数秒間見つめ合い、真凛は苦笑いに近い笑顔で口を開いた。

「一人には、させてくださらないのですね……。こういう場合は、一人で吐き出したいものではないですか……？」

「確かにそうかもな。それをお前ができるのなら、俺はそれで構わないさ」

真凛が一人で吐き出した場合、おそらく自分が我慢できるぎりぎりまでの部分しか吐き出さない。

しかし、それではすぐに限界を迎えてしまうし、溜まりきってしまっている負の感情が彼女を苦しめ続けるのも変わらない。

短い付き合いだが、彼女を見てきた陽にはそれがわかる。

「別に全てを話せと言うつもりはない。ただ、秋実が話したいことを話せばいい。それを、俺はただ聞くだけだ」

人は誰かに聞いてもらうことで、負の感情を発散することができる。

そして、一度話し始めたらもう止まらないものだ。

「…………」

陽の言葉を聞き、真凛は黙って考え込んでしまう。

話していいのかどうか、悩んでいるのだろう。

陽は彼女の邪魔をすることはせず、フェンスにもたれて腕組みをしながら目を閉じた。

「――私、初恋だったんです……」

やがて、消え入るような声で真凛は話し始めた。

陽は目を開けることはせず、その先を促す。

「凄く、大好きでした……。晴君とは、幼馴染みなんです……」

晴喜と真凛が幼馴染み――確かに、陽はそんなことを噂で聞いたことがある。

当時は特に気に留めていなかったが、陽は改めてその情報を聞いて、一つの可能性を導き出す。

「なるほど、そういうことか……」

「えっ……？」

「いや、なんでもない。それよりも幼馴染みということは大分前から好きだったのか？」

思わず呟いた言葉に反応されてしまった陽は、首を左右に振り話題の軌道修正をした。

悲しませるようなことで、しかも憶測でしかないことをわざわざ言う必要はない、と陽は判断したのだ。

「保育園の時から……好きでした……」

「それは……確かに、初恋だな……」

「はい……。幼い頃からずっと一緒で……周りの大人からは兄妹みたい……ってよく言われてました……」

それにしては全く似てない兄妹だな——という無粋なツッコミはグッと飲み込み、幼い頃からずっと一緒だという言葉に、陽は胸が痛くなった。

「まぁ、一年の時から二人は仲良かったよな」

当初は三角関係の構図は出来上がっておらず、真凛と晴喜がカップルみたいな認識があった。

だから、人によっては今日の結末を知れば大層驚くことだろう。

「葉桜君……私の、どこがだめだったのでしょうか……？」

真凛は自分が選ばれなかった理由を陽に尋ねてくる。

陽が目を開けて真凛を見ると、彼女は縋るような目で陽を見上げていた。

真凛は全校生徒が憧れるような女の子だ。

正直駄目なところがあるのか、とすら陽は思ってしまう。

だが、あえて真凛が駄目だったところをあげるとするのなら、それは彼女が優しすぎたことだ。

真凛は常にライバルである佳純へ遠慮をしてしまっていた。

それが決定的なものになってしまったのだろう。

しかし、あくまでそれは予想でしかないし、当然他にも理由はある。

「相手が、根本さんだったからでしょうか……？」

相手が悪かった、それはそうなのだろう。

相手が同じ二大美少女である佳純でなければ、真凛が負けることはなかった。

だけど、それは真凛の魅力が佳純に劣るというわけではない。

佳純はクールで素っ気なく、着物が似合うようなスリムな美少女だ。

勉強もでき、運動もできるという非の打ちどころがない完璧人間。

だがその反面、冷たさや怖さもあるような人間で、女の子としてとても魅力的な部分である胸はぺったんこだ。

そんなところを気にする男からすれば、彼女の魅力は数段落ちるだろう。

逆に真凛は、背が低くて童顔であるとはいえ、そのせいで男心をくすぐられて守りたくなるような女の子だ。

何より、系統が違うだけで、真凛は佳純に劣らない美少女といえる。

そして性格は優しくて気遣いができ、女の子らしいある一部分は、体の栄養のほとんどを持っていってしまってるのではないかというほどに大きい。

大人の女性が好きなタイプには受けづらいが、全体的に見ればむしろ佳純よりも真凛を選ぶ人間のほうが多いだろう。

それなのに真凛が選ばれなかったのは、晴喜の趣味の問題という他ない。

しかし、そんなことを言っても真凛を傷付けてしまうだけで、何も前には進まない。

だから陽は別の言葉を返すことにした。

「俺は木下じゃない。だから、その質問には答えられない」

「そう、ですよね……」

陽の答えを聞き、真凛は悲しげに目を伏せる。

期待とは違う答えだったのだろう。

そんな彼女を横目に、陽は再度視線を夕陽に向けた。

「なぁ、秋実」

「はい……?」

「理由を考えても結果は変わらない。だから、まずは不満や苦しさを吐き出せるだけ吐き出せよ。そうしたら――後は、木下のことを忘れさせてやる」

陽は真凛の顔を見ることはせず、夕陽を見つめながらそう告げた。

真凛が理由などについて考えこんでしまうのは仕方がない。

しかし、それでは何も解決しないどころか、彼女が傷つき続けるだけだ。

だから陽は、再度真凛が負の感情を吐き出せるように誘導した。

しかし――。

「は、葉桜君、意外と大胆ですね……」

真凛は、陽が想定していない言葉を返してきた。

それにより、陽は何が大胆だったのかがわからず、不思議そうに首を傾げて真凛へと視線を向ける。

そして真凛の顔が真っ赤に染まっていることに気が付き、夕陽のせいにしてはやけに赤いので更に不思議そうに真凛を見つめてしまうのだった。

◆

それからの真凛はポツリ、ポツリ、と今までのことを話し始めた。

話してしまうのを我慢しようとしても、思わず出てしまうという感じで話すため、中々話は進まない。

だけど陽は急かすことはせず、彼女が言葉を飲み込みたくなるタイミングで、相槌を打ったり質問を投げかけるだけにとどめた。

真凛は普段とは別人のように付き合いがいい陽の態度に対し、心の中で驚きながらも不思議と心地良さを感じる。

（本当に、不思議な人……）

夕陽を見つめる陽の顔を盗み見るようにし、真凛は横目で陽の顔を見つめていた。

先程の陽の言葉に驚かされはしたものの、陽が自分に興味を持っている様子は一切見えない。

それなのに、どうしてここまで自分に付き合ってくれるのか、それが真凛にはわからなかった。

そもそも真凛が知っている陽は、こんなことをしてくれるような人間ではない。

だからこそ、余計に不思議だったのだ。

いつの間にか、話をしているうちに真凛の溜飲は下がっていた。

だから真凛は陽の顔を見上げ、かわいらしく笑みを浮かべる。

「もう、私は大丈夫です」

これで終わりにしよう、そういうつもりで真凛は陽に伝えた。

しかし、陽はその言葉を別の意味で捉えてしまう。

「そうか、じゃあ約束を守ろう。家に帰るの、遅くなっても構わないか？」

「えっ……？」

陽からされた質問に対し、真凛は戸惑い考えてしまう。

家に帰るのが遅くなる――それは、ただの誘いではないと真凛は捉えてしまった。

そのため様子を窺うように陽の目を見つめるけれど、彼はジッと目を見つめ返してくるだけで、何を考えているのかはわからない。

だけど、その瞳は真剣で、邪な考えがあるようには見えなかった。

真凛は少しだけ考えて、ゆっくりと口を開く。

「大丈夫、です……。家にはいつも、私しかいませんので……」

その答えは、陽に対して好意を抱いたから――ということではない。

ただ、陽のことを信じてみようと思ったのと、ここまで付き合わせてしまった罪悪感からの答えだった。

陽は真凛の言葉を聞き一瞬だけ眉を動かすが、踏み込もうとはしない。

その代わりに、真凛に背を向けた。

「場所を移したいから、付いて来てくれ。交通費は出す」

「交通費……？」

陽がなにげなしに言った言葉に対し、真凛は首を傾げた。

いったいどこに行くつもりなのか――そう不思議に思っていると、陽はスマホで電話をかけ始め、なぜかタクシーを呼んでしまった。

「あ、あの、葉桜君……？　変なところに連れて行こうとしておりませんよね……？」

さすがにタクシーでの移動ともなれば、目的地の見当が全くつかないので、真凛も警戒せざるを得ない。

先程陽のことを信じようと思った真凛だが、今は少し後悔をしているくらいだ。

「心配するな、いいところに連れて行くだけだ」

そして真凛の質問に対して陽が無表情でそう答えてきたため、真凛の不安は更に増すばかりだった。

——二人でタクシーに乗って一時間、そして更にそこから十分ほど歩いてやっと目的地に到着した。

正直真凛はこの時点で結構な疲労を感じており、さらに人気のない道を歩かされていたことで、不安による心労も募っていた。

しかし——。

「きれい……」

着いた場所から一望した光景に、真凛の先程まで感じていた疲労や不安は一瞬で消えてしまった。

陽と真凛の前に広がるのは、密集した建物たちから発せられる、光の集合体だった。

今居る場所は丘であり、離れた高いところから見ることができる光景だ。

その美しさはまるで、イルミネーションのようだと真凛は思った。

「気に入ってもらえたか？」

「はい……！」

光の集合体に見惚れている真凛に声をかけると、彼女は誰もが見惚れるような笑顔を陽に向けてきた。

綺麗な風景に溶け込む素敵な笑顔を前にし、陽は自分の胸が高鳴ったことを自覚する。

（こいつはやっぱり、絵になるんだな……）

陽は綺麗な物が何よりも好きだ。

そして、今までは景色が最も綺麗だと思っていたのに、そこに別の要素が加わることで、更に綺麗な物を見られることを知ってしまった。

この時、陽は珍しくも他人に興味を抱いてしまったのだ。

「ここは、どこなのでしょうか……?」

真凛は陽がそんなことを考えているとも知らず、ウットリした表情と声で尋ねてきた。

それに対し、陽は首を右手で押さえながら、ゆっくりと口を開く。

「あぁ……俺の地元にある、隠れスポットだ。ここを知っているのは俺ともう一人――後は、今しがた知った秋実くらいだな」

「なるほど、確かにそれは隠れスポットですね……。それにしても、ここはかなり学校から離れていたと思いますが、随分と遠くから通われているのですね?」

綺麗な光景に目を奪われながらも、陽の言葉に引っ掛かりを覚えた真凛は、思わずそこを突いてしまう。

しかし、それに対して陽は答えることをしなかった。

真凛は、陽が答えなかったことに対して何かを言うことはせず、黙ってこの綺麗な光景を目に焼き付けることにする。

察しがいい真凛のことだ。

陽に何かあるのは一年生の時から理解していたことであり、地元から遠く離れた高校に通っていることもそれに通じると判断したのだろう。

少しの間二人とも黙り込んでしまい、二人の間には静寂な時間が流れた。

最初は無言の空気に若干居心地の悪さを感じた陽だが、この綺麗な光景を眺めているうちに気にならなくなる。

それどころか、時折真凛の横顔も一緒に眺めて、不思議と幸せな気分だった。

だから、真凛が満足するまでこのままでもいいと陽は思ったのだが――その時間は、真凛によって壊されてしまった。

「――葉桜君が晴君を忘れさせてくださるというのは、この綺麗な光景を見せてくださる、ということだったのでしょうか？」

そう尋ねてくる真凛の表情は、なぜか真剣なものになっていた。

「そうだ、と言ったら？」

そんな真凛に対し、陽は試すような視線を向けながら肯定的に聞き返してみる。

するとも、真凛は笑顔で頷いた。

「そうなのですね」

その笑顔はどこか力がなく、真凛が肩透かしを喰らっているのがわかる。

確かに真凛は、この景色を目にした時から今まで晴喜のことを忘れられていた。

だけど、今は思い出してしまっている。

屋上で言われた陽の言葉から、もう晴喜を思い出すことがないようにしてもらえるのではないか、と真凛は期待を抱いていた。

しかし、それが短い間でしか効果がないことを意味していたと知り、心の中で落胆をしてしまったのだ。

そんな真凛に対し、陽は黙ってスマホの液晶を見せる。

「あっ……綺麗、です……」

真凛は陽に見せられた映像で、再びウットリとした表情を浮かべた。

液晶に映るのは、物寂しさを感じさせるBGMと綺麗な声のナレーションが入った、夕陽が照らす海岸の動画だった。

手前にある自然のままの美しい海岸は光が届いておらず、遠く離れたところでは沈み始めた夕陽によって、空や雲の一部だけがオレンジ色になっている。

そして、夕陽の周り以外は全体的に影が差してしまっているのだが、逆にその相反する光景によって不思議な儚さが演出されていた。

真凛はその儚い光景を見て、どこか寂しく――だけど、ずっと見ていたいと感じた。

「綺麗だろ？」

「はい……見ていますと、なんだか心が洗われますね……」

真凜は陽の質問に答えながら、後でもう一度見直したいと思い、チャンネル名を探す。

しかし、液晶全体には動画が表示されているので、チャンネル名は確認できなかった。

「このチャンネル名を教えて頂けますか？」

そのため、真凜は陽にそのことを尋ねる。

しかし、陽は首を横に振ってしまった。

「これはあくまで動画だ。なるべくいいように見せる努力はしているが、やはり実際に見る光景はこの比じゃない」

まるで、本人は実際に見たことがあるような言い方に真凜は反応しそうになるが、陽の言葉はまだ続くようなので、喉の奥へと言葉を飲み込んだ。

「だから、実際に見に行けばいい。先に動画で見るのは、本物を見た時のインパクトが薄れてしまうから、やめたほうがいいぞ」

その言葉を聞き、真凜は落ち着きなく視線を彷徨(さまよ)わせる。

「もしかして、お誘いを受けておりますか……？」

「そう聞こえなかったか？」

まるで、自分が質問したことがおかしいような返しをする陽を見て、真凜は息を呑(の)む。

同時に、陽があまりにも自然な様子で誘ってきたため、陽には下心なんてないのだと判断をした。

「それにより、私は晴君を忘れることができるのでしょうか……？」

「さすがにすぐにとはいかない。だけど、お前が知らない素敵な景色を俺はたくさん見せてやれるはずだ。その中で、気が付いたら木下のことなんて忘れているんじゃないか？」

あくまで疑問形で陽は返してくるが、その瞳からは確信があるように感じられた。

実際真凛は少しの間、光に彩られる建物に目を奪われて、晴喜のことを忘れることができた。

だからこそ、真凛はこのおかしな誘いに乗ることにする。

「わかりました……それでは、お付き合いさせて頂きます」

「意外と、決断が早いな」

「悩んでいても仕方がないことですし……私の知らない素敵な景色というのにも、興味がありますので……」

大人のように振る舞っているが、真凛も女の子だ。

先程光の集合体に目を輝かせたように、綺麗な物には興味を惹かれてしまう。

「それはよかった。基本そういうのを見に行くのは土日だが、問題はないか？」

「土日……！　ま、まさか、お泊まりをしようと……!?」

真凛はバッと陽から離れ、身を両腕で抱きしめながら陽の顔を見つめる。

その表情からは、凄く警戒をしていることがわかるのだが、陽は呆れたように溜息を吐いた。

「意外と馬鹿なんだな」

「なっ!?」

馬鹿と言われ、真凛はますます納得がいかないというかのように、陽の顔を見つめる。

睨(にら)んでいるというわけではないが、物言いたいことがある、というのがありありと伝わってきた。

「付き合っていない相手を泊まりがけの旅行に連れて行くほど、俺は常識がないわけじゃない」

「そ、そうですよね、さすがに早とちりが過ぎました……」

そう言われ、ホッとしたように豊満な胸を撫(な)でおろす真凛。

しかし——。

「行くとしたら、保護者がいる時だ」

「………」

陽の言葉に対し、真凛はなんとも言えない表情を浮かべてしまった。

(そういう問題ではないのでは……?)

という疑問を真凛はなんとか飲み込む。

薄々感じていたことではあるが、陽の常識はどこかずれている。

この人について行って大丈夫なのか、と真凛はまた少しだけ不安になった。

「まぁそれに、お金もそこまで持っておりませんので、遠出できる範囲や回数も限られておりますしね」

　真凛の家は一般家庭に比べてかなり裕福なほうではあるが、毎週旅行に行けるほどお小遣いをもらっているわけではない。

　同じ学生である陽も同じようなものだろう。

　そう思っていた真凛だが――。

「心配するな、交通費や食費はこっちで持ってやる」

　陽の信じられない言葉に、真凛は目を丸くした。

「…………」

　陽に対し、真凛の疑いはまた増してしまう。

　いったいどうやってそのお金を手に入れているのか、旅費や食費を負担してまで、自分を連れて行こうとする理由はなんなのか。

　そして連れて行った先で、自分に何をしようとしているのか、という疑惑を抱いていた。

「なんだよ？」

　真凛にジッと見つめられていた陽は、若干不機嫌そうに真凛の顔を見つめる。

　そんな陽に対して真凛は――

「葉桜(はざくら)君は、ロリコンなのですか？」

　――色々と聞きたいことが頭の中を巡ってしまい、思わずトンチンカンな質問をしてしまった。

「…………はぁ？」

真凜に思わぬことを質問された陽は、数秒の間を置いて首を傾げる。

その表情は呆れを通り越して、睨んでいるようだった。

「そ、そんなに怖いお顔をされなくても、いいではないですか……」

他人に睨まれることが滅多にない真凜は、怯えたように数歩後ずさってしまった。

――そう、ここが丘で、一度飛び退いたため当初と位置が変わっている、ということも忘れて。

「ばっ――それ以上下がるな！」

「えっ――きゃっ！」

陽の制止の声は間に合わず、暗闇で後ろが崖になっていることに気が付いていなかった真凜は、崖で足を滑らせた。

「ちっ！」

陽は舌打ちをしながらも、すぐに真凜へ腕を伸ばす。

そして――寸前のところで彼女の手を掴み、思いっ切り引っ張り上げた。

「はぁ……心臓に悪い……」

後コンマ数秒でも遅れれば、取り返しのつかない事態になっていたため、陽は彼女を抱きしめながら安堵の息を漏らす。

「ご、ごめんなさい……」

自分の不注意によることだったため、真凛は陽に対して素直に謝った。

その後、助かったことで、真凛も陽と同じようにホッと安堵の息を吐くのだが――。

「――っ!?」

冷静になったことで現状を理解した真凛は、陽に抱きしめられていることに気が付いて全身を強張らせた。

そして陽の顔を見上げるが、陽は真凛を抱きしめていることに関して何も思っていない様子。

だから真凛は、自分から抜け出そうとするが――痛みを感じないのに、思った以上に強く抱きしめられていて逃げられなかった。

自身の手が触れている陽の胸元は、思った以上に固く、見た目や雰囲気からは意外に思えるほどに、ガッシリとした体付きのようだ。

これでは力のない真凛が抜け出せるはずもなく、仕方がないので恥ずかしいのを我慢して陽に話しかける。

「あ、ありがとうございます、葉桜君……。もう大丈夫ですので、放して頂けますか……」

「あぁ……悪い」

陽はそれだけ言うと、あっさりと真凛を解放した。

その態度からは、真凛を抱きしめていることに気が付いていたのか、それとも指摘されて気が付いたけれど、気に留めるほどでもないと判断したのか。

いったいどちらなのかはわからないが、ふと真凛は思ってしまった。

もし前者なら再び警戒しないといけないし、後者なら子供扱いをされているようでなんだか悔しい、と。

だから、こちらから少し突いてみる。

「葉桜君は、随分と女の子に慣れているようですね？」

真凛からそう言われ、陽は少し不思議そうに真凛の顔を見つめる。

そして何かを察したのか、納得がいったように頷いた。

「感情が顔に出づらいだけで、ちゃんとドキドキはした」

「そ、そうですか……」

思わぬ直球の返しに、真凛の顔はボッと熱くなる。

とんでもなく恥ずかしさを感じ、思わず陽の顔を上目遣いで見上げるのだが――。

「それにしても、久しぶりに来たけどやっぱりここはいいな」

陽は既に真凛のことなど見ておらず、光によって彩られる建物たちへと視線を向けていた。

それにより真凛はまた納得がいかない思いを抱くが、よく考えるとそんな感情を抱く自分がおかしいのではないか、と思ってしまった。

陽とは大して親しかったわけではないのだから、彼が自分に興味を持つほうがおかしいのだと。

だから考えを改め、一度頭の中で整理をする。

（交通費などを負担してまで誘ってこられたので、私に興味があるのかと思いましたが、どうやらそうではなさそうですね……。しかし、となると葉桜君の目的は、いったいなんなのでしょう……？）

真凛はどうしても陽の目的が気になってしまうが、その答えを陽から読み取ることはできない。

話をしていても、きっとその答えを引き出すことは不可能だろう。

そう簡単に踏み込ませてくれない男だということは、一年生の頃に身をもって思い知らされたのだから。

だから真凛は、先程助けてもらったこともあり、もうこれ以上詮索することをやめた。

その代わりに――。

「ところで葉桜君、やはり先程の動画のチャンネル名を教えて頂きたいです」

そのことがどうしても諦められなかった真凛は、陽から是が非でも聞き出すことにした。

「俺の話を聞いていなかったのか？」

怒るわけではなく、単純な疑問みたいな感じで陽は真凛に尋ねる。

陽にとっての真凛の評価は、見た目に似合わず賢くて大人っぽいけれど、素直で優しい女の子という感じだ。

だから生を見たほうがいい、と伝えれば素直に聞くと思っていた。

それなのにチャンネル名を教えろと言ってきたので、少々困ってしまう。

「聞いていましたし、葉桜君のおっしゃることもわかっておりますが……他の動画も、見たいのです……」

余程動画が気に入ってもらえたのか、真凛は物欲しそうな顔で陽の顔を見上げてくる。

そのおねだりのような態度に物言いたくなる陽だが、チャンネル名を教えたくない理由があったので、どうにか話を逸らせないか思考を巡らせた。

しかし——。

「今日の夜とか、晴君のお顔がチラつくと思うのです……」

黙りこんですぐにそう言われてしまい、陽はチャンネル名を教えるしかなくなってしまった。

「『純陽チャンネル』だ」

渋々、という感じで陽が教えると、真凛はニコッと笑みを浮かべる。

「純陽——明るく陰りのない陽光、という意味ですね。後は純粋な陽気、という意味もある言葉ですが、素敵な景色を撮られるチャンネルに相応しい名前です」

(さすがあいつと学年一、二を争う優等生。意味を知っているだけでなく、考え方も同じ

というわけか）

真凛が発した言葉に思わず陽はそう考えてしまう。

一瞬、ある人間の無邪気な笑顔が脳裏をよぎり、なんとも言えない感情を抱いて苦笑いを浮かべてしまった。

「へぇ、先程の動画、一昨日投稿されたにもかかわらず、再生回数は既に百万を超えていらっしゃるのですね……！」

チャンネル名を教えてもらった真凛は、すぐに自分のスマホで検索をし、先程の動画の再生回数を見て驚いた声を出した。

真凛が驚くのも無理はなく、百万を超える再生回数は中々稼げるものではない。

陽も毎回よくこんな再生回数が伸びるな、と思っているくらいだ。

「こういう綺麗な景色を眺めて癒されたい人が多いんだろうな。社会人とか忙しくて、のんびりした空間に憧れる人が多いみたいだし」

「それだけではなく、ナレーションをされている女性の声が綺麗で、ＢＧＭもマッチしているからだと思います。これはオリジナルなのでしょうか？」

「オリジナルだな。そのナレーションをしている奴が、作曲までしているし」

「そうなのですね。随分とお詳しいようですが、やはりファンなのですか？」

「……まぁ、そうだな」

口が滑った、そう思いながらも陽は真凛の言葉に合わせた。

「登録者数も二百五十万人と、かなり人気のチャンネルみたいですね。私もチャンネル登録させて頂きます」

真凛はご機嫌な様子でスマホを操作し、言葉通りチャンネル登録をする。

陽はその姿を横目で見ており、今の彼女の様子は空元気なのか、それとも晴喜のことを忘れられているのか、いったいどっちなのだろうかと観察をしていた。

――しかし、それは観察するまでもなかった。

今の真凛のテンションは普段と比べると少しおかしく、数段テンションが高いといった様子だ。

つまり、無理に明るく振る舞おうとしているように見える。

(まぁ、やっぱりすぐには無理だよな)

失恋の傷が簡単に癒えるのなら、誰も苦労はしない。

こればかりは、時間をかけてやるしかないだろう。

「それで、結局どうするんだ？」

「どうするとは？」

「休日の話だ」

その言葉を聞き、真凛は陽のロリコン疑惑などを浮上させていたことを思い出した。

「あの、交通費や食費などのお話ですが……葉桜君が、そこまでしてくださる理由はなんなのでしょうか……？」

真凜は先程理由を聞くことを諦めたが、陽が再度話を振ってきたことで、この流れなら聞いてみるのもいいかもしれないと思った。

すると、陽は少しだけ考えた後、ゆっくりと口を開く。

「そうしないと……約束を守れないから、か？」

「どうして疑問形なのですか……」

首を傾げながら返してきた陽に対し、真凜の戸惑いは増してしまう。

まるで本人もわかっていないような態度をとられれば、それも当然の反応だった。

「正直言うと、俺にもよくわかっていない。ただ、必要なことだと思ったし、さほど負担でもないからいいと思っただけだ」

この時、陽は嘘と本音を半々に混ぜていた。

真凜の交通費や食費の負担は、陽にとって大したことはない。

それは本当だ。

しかし、負担するのには当然明確な理由があった。

陽は、真凜と話していて気が付いてしまったのだ。

真凜の失恋は――自分のせいだったのではないか、ということを。

だから陽は、真凜が失恋の傷を癒せるのなら、なんでもするつもりになった。

たとえそれが、自分の思い過ごしであろうと、少なからず関与してしまっていることに、間違いはないのだから。

「――本当に、お言葉に甘えてしまってもよろしいのでしょうか？」

陽の誘いに対して真凛は考えた末、念のため最終確認をする。

「あぁ、大丈夫だ。別に後から請求したりもしないから安心しろ」

「変なことも、されませんよね……？」

「変なこととは？」

「それは――忘れてください……」

説明をすることや、言葉にすることが恥ずかしかった真凛は、顔を赤くして首を横に振った。

どうやら誤魔化したようだ。

「話は決まり、ということでいいのか？」

「……はい」

陽の確認に対し、若干迷いながらも真凛は首を縦に振った。

それを見て、陽はスマホを差し出す。

「えっと……？」

「連絡先を交換していないと、何かと不便だ。待ち合わせに苦労するし、出先で迷子になられても困る」

「迷子って……子供扱いしないでください」

真凛はプクッと小さく頬を膨らませながら、手に持っていたスマホを操作し始める。

その頬を膨らませる行為が子供に見えると理解していないのか、と陽はツッコみたくなったが、ここで機嫌を損ねるのは得策じゃないと判断し、言葉を飲み込んだ。

陽にとって真凛は、いつも笑顔でいる印象しかなかったのだが、こんな拗ねた表情もするのだと初めて知った。

幼馴染みだという晴喜には、こんな表情をよく見せていたのかもしれない——そんなことを考えながら、陽は真凛と連絡先を交換する。

そして——。

「ねこ、ちゃん……！」

真凛は、まるで歓喜するかのように弾んだ声を上げた。

陽は、真凛の言葉で自分がやらかしていたことに気が付き、頬をひきつらせてしまう。

「ねこちゃん、お好きなのですか……!?」

チャットアプリに表示された陽のアイコンを見て、真凛は表情を輝かせながら陽の顔を見上げる。

そんな真凛から、気まずそうに目を逸らして陽は口を開いた。

「悪いか？」

猫のアイコンにしていることを同級生に知られたことで、陽は恥ずかしくなってしまい、普段以上にぶっきらぼうに真凛へと聞き返す。

すると、真凛はご機嫌な様子で首を左右に振った。

「いえいえ、ねこちゃんはとてもかわいいですもんね！」

ニコニコとご機嫌な笑顔で見つめてくる真凛。

まるで仲間を見つけたとでも言いたげな瞳が、容赦なく陽の心を抉る。

そんな陽の気持ちを知ってか知らずか、真凛はとても素敵な笑みを浮かべながら更に踏み込んできた。

「そのねこちゃんの種類は、スコティッシュフォールドですね！　拾い画ですか!?」

「うちの猫だ」

「――っ!?　確か、耳が垂れているスコティッシュフォールドは、凄くお高いはずですよね……！　とてもかわいらしいお顔で、羨ましいです……！」

よほど真凛は猫のことが好きなのか、かなり興奮した様子で陽に顔を近付けてくる。

身長差がなければ、お互いの息がかかるほどに顔を近付けてきたのではないか、と思うほどの勢いだ。

「猫、好きなのか？」

「はい……！　私のお家は飼ったらだめと言われておりますので、葉桜君がとても羨ましいです……！」

真凛は陽の質問に答えた後、聞いてもいないことを教えてくれる。

その様子から、どれだけ猫のことが好きなのかよくわかった。

この素晴らしい景色よりも、猫の話題のほうが真凛のテンションがあがったため、陽は若干苦笑いを浮かべる。

しかし、陽も猫のことは凄く好きなので、真凛の話に合わせることにした。

「将来は飼うつもりなのか？」

「はい、飼える環境であれば飼いたいと思っています……！」

飼える環境かどうかというのは、建物とかの問題のことを言っているのだろう。

ペット禁止のマンションであれば飼うことは叶わないし、ペットが暮らしづらい環境であれば優しい真凛は飼おうとしない。

（まぁ秋実の場合、飼えるところを選びそうだけどな）

賢い真凛なら色々と考えてから住む場所は選ぶと思い、陽は将来猫を飼っている真凛の姿が容易に想像できた。

「飼えるといいな」

「はい……！　葉桜君のねこちゃんも、今度だっこさせて頂きたいです……！」

本当に真凛は猫が好きなようで、陽に対して期待したような目で頼んできた。

身長差のせいでかわいらしいおねだりに見えた陽は、思わず顔を背けてしまう。

「あっ、顔を背けるのはずるいです……！　そこまで嫌がらなくても、いいと思うのですよ……！」

そして顔を背けた陽の態度を勘違いした真凛が、また小さく頬を膨らませながらプリプリと怒ってくる。

今までとは全然違った印象に、陽はこれが真凛の素だと理解した。

(こっちのほうが魅力的……というのは、俺がおかしいのだろうか？)

そんな疑問を抱きながらも、そろそろ時間がまずいことに気が付く。

「機会があれば抱かせてやるよ。それよりも、そろそろ帰らないと……」

「あっ、もうこんな時間ですか……。名残惜しいですが、仕方ありませんね」

その名残惜しいとは、陽と話すことではなく、この景色を見られなくなることを言っているのだろう。

陽も自分に興味を持たれるのは困るので、これでいいと思った。

一応休日に関して最終確認をするかどうかで陽は悩んだが、もう決まったことをしつこく聞き直すのも印象がよくないと思い、確認をするのはやめる。

その代わり、真凛の足元へと視線を向けながら彼女に声をかけた。

「暗闇で足元が見づらくなってるから気をつけろよ。行きの登りとは違って、帰りは下りだから注意しないと――」

「きゃぁ！」

陽が忠告をしていると、まるでフラグ回収かのように真凛は足を滑らせてしまった。

「勘弁してくれ……」

転びそうになった真凛の体を、陽は苦笑いをしながら腕で抱き留める。

その際に、とても柔らかい物がムニュッと形を変えて陽の腕に当たったので、すぐに腕の位置を修正した。

陽は、バクバクとうるさい鼓動を悟らせないよう、ポーカーフェイスに努めながらジッと真凛を見つめる。

もしかしたら、真凛は意外とドジなのかもしれない。

となると、今後連れて行くのには些か不安が出てくる――そんなことを、陽は考えていた。

「えっと、ごめんなさい……。それと、ありがとうございます……」

陽が見つめていると、真凛は顔を真っ赤にしながら、俯いて陽にお礼を言ってきた。

どうやら、自分の胸を陽の腕に押し付けてしまったことに、気が付いているようだ。

「まぁ、慣れるまでは仕方がない」

真凛が気にしないように陽はそう伝えるが、この先に一抹の不安を抱いたというのは、ここだけの話だ。

◆

あの後、夜が遅いということで陽は真凜を家の近くまで送った。

さすがに家まで行ってしまうと、真凜が嫌がると思ったので近くで待機し、彼女から家に着いたというメッセージが来てから、自分の家へと引き返したのだ。

家付近でタクシーを降りるともう夜はすっかり深まっており、シーンとした静寂の空間が陽を包み込む。

そんな中、本当に家まで後少し、という距離で見知った顔とすれ違った。

「――ねぇ」

陽が玄関のドアノブに手をかけると、先程すれ違った女性が声をかけてきた。

陽は無視をするつもりだったけれど、彼女は無視をするつもりはないらしい。

「なんだ？」

女性のほうを振り返ることはせず、陽はドアノブに手をかけたまま返事をした。

「いったいどういうつもり？」

「なんのことだ？」

「そう、とぼけるのね」

陽の答えを聞き、女性は不機嫌そうに眉を顰めた。

「とぼけるも何も、お前が何を知りたいのかがわからないんだが？」

女性の言葉には主語がなかった。

大方何を知りたいのかは予想がついているが、確定でない以上陽は迂闊に喋らない。

「わかってるくせに……ほんと、嫌味ったらしい男」

呆れたようにそう発した女性は、自ら陽に近寄ってくる。

足音が聞こえたことで陽も仕方がなく彼女のほうを振り向くと、丁度雲から満月が出てきたところだったので、満月の光が彼女の顔を照らした。

月明かりによって照らされた女性は、長くて綺麗な黒髪を右手で軽くかきあげながら、陽の顔を見つめてくる。

「そんなのでは友達を無くす——いえ、そもそもあなたには友達がいないんだっけ、葉桜君？」

「こんな深夜に出歩くなんて、いつからお前は悪い子になったんだ、根本？」

陽に話しかけてきた女性——それは、学校二大美少女の一人、根本佳純だった。

陽と佳純は、お互い挨拶がわりとでもいうかのように嫌味を言い合う。

彼らを知る者たちに、『一緒にいさせては駄目な組み合わせは？』と聞けば、まず間違いなくこの二人の名をあげるはずだ。

混ぜるな危険——昨年のクラスメイトたちは、皆が陽と佳純のことをそう表すことだろう。

それだけ、二人は犬猿の仲なのだ。

「深夜に出歩いていること、あなたには言われたくないわね」

「俺は別にいいんだよ、自分の身は自分で守れるからな。問題はお前だろ。こんな時間に

わざわざ一人で外にいるなんて、襲ってくださいと言っているようなものだ」

佳純は真凜同様学校の二大美少女と呼ばれるほどに、見た目が整っている。

そんな美少女が、夜が更けた時間帯で暗闇の中にいるなど、危険極まりない。

そのことを陽は指摘しているが、佳純は特に気に留めた様子はなかった。

「防犯対策はしっかりとしているから大丈夫よ。それよりも私の質問に答えて。あなた、いったいどういうつもりで首を突っ込んでいるの？」

そう言う佳純は、睨むようにして陽の顔を見つめてきた。

いや、実際ほとんど睨んでいる。

「なんのことだ？」

「とぼけないで、秋実さんのことに決まっているでしょ。何？　振られた直後の彼女を慰めて、彼氏ポジションに収まろうとでも考えているわけ？」

どうやら佳純は、陽と真凜が接触していたことに気が付いているらしい。

それにより、変な誤解を生んでいそうだった。

「俺が秋実と話していたことを知っているということは、お前つけていたのか？」

「別につけなくてもわかるわよ。木下君たちと話している時、あなたが顔を出したのが見えたの。すぐに顔を隠していたけれど、秋実さんがそっちに曲がった後もあなたは出てこなかった。だから、首をツッコみに行ったのだとすぐにわかったわ」

佳純も真凜同様、頭がとても良い。

そして、勘も鋭かった。

だから、状況証拠で十分陽の行動は想像できたのだろう。

「確かに、俺は秋実と話はした。しかし、だからといってお前に咎められないといけないことなのか？」

誤魔化すのは無駄だと言わんばかりに、陽はすぐに認め、その代わりに『だったらどうなんだ？』という意味を込めて、ボールを返した。

それに対し一瞬だけ佳純は渋い顔をしたが、すぐに何事もなかったかのように平然とした表情で口を開く。

「傷心している秋実さんがこれ以上傷つかないで済むように、忠告をしにきてあげたの。あなたはあの子を必ず不幸にする、だから関わらないでちょうだい」

殺意でも込められているのかと思うほどに、冷たい声で佳純はそう言ってきた。

それに対し、陽は鼻で笑う。

「ふん、勝者の余裕ってやつか」

「別にそんなつもりはないわ。ただ……不本意ながらも、私は彼女を傷つけてしまっている。だから、これ以上傷つく姿を見たくないのよ」

佳純と真凛は一人の男を巡って争い、結果佳純が勝利した。

それにより、敗北した真凛は傷ついてしまったのだから、佳純が言う自分が傷つけたということは間違っていないだろう。

――しかし、陽は知っていた。

他のことならともかく、恋愛のような仕方がなく傷つく人間が出るようなことで、佳純が心を痛めるような人間ではないことを。

佳純はそういうところをしっかりと割り切れる人間なのだ。

だから、陽にはこれが別の意味を持った言葉だと、簡単に読み取ることができた。

「お前、今はもう新しい道を進んでいるんだろ？　いつまでも過去に縛られるなよ」

「――っ！」

陽がそう言った直後、佳純の表情が一変する。

クールを気取っていた表情は、みるみるうちに怒りの表情に変わってしまった。

「よくも、そんなことを言えるわね……!?　あなたが、どの面下げて……私に、そんなことを言っているのよ……！」

聞こえてきた声は先程の冷めた声ではなく、怒りを大いに含んだとても低い声。

見れば、殺意を秘めた瞳で、佳純は陽を睨んでいた。

「やっぱりな……」

その佳純の態度と目を見た陽は、真凛と話していた時に浮かんだ憶測が正しかったことを確信する。

「もう家に入れよ。こんなところを誰かに見られたら、折角付き合い始めた彼氏に誤解されるぞ」

「…………」

陽が忠告しても、佳純は動こうとしない。

黙って陽の顔を睨みつけていた。

「――なぁ、佳純」

そんな彼女に対し、陽は昔の呼び方で話しかける。

すると、佳純の瞳が大きく揺らいだ。

「お前が俺を恨むのは勝手だ。だけどな――お前、今それで幸せなのかよ？　嫉妬や俺への復讐のために他人を巻き込んだのなら、もうやめろ。今ならまだ取り返しがつく」

陽はそれだけ言うと、佳純から目を背けて家の中へと入ってしまった。

そして、そんな陽を睨んでいた佳純は――。

「ふざ、けないで……！　誰のせいで、こんなことに……！」

陽に対する憎しみが増し、歯を強く食いしばるのだった。

◆

「はぁ……」

自分の部屋に戻った陽は、ベッドに転がってすぐ、先程のことを思い出して大きな溜息を吐く。

（わかってるんだよ、俺が最低な人間だってことくらい……。だから、もう同じ過ちを犯さないようにしてるのに……お前まで、最低になるなよ……）

頭によぎるのは、先程話をしていた佳純の表情。

昔はあんな表情をするような人間ではなかった。

外面がクールなところは変わらなかったが、本当は甘えるのが大好きで、かわいらしい笑みを浮かべる優しい女の子だったのだ。

それなのに、今の彼女の心には魔物が棲んでしまっている。

そしてそれを生み出してしまったのは、紛れもなく陽だった。

（幼馴染みって、呪いだよな……）

思い出すのは、いつも隣で笑っていた佳純の表情。

幼い頃からずっと一緒にいて、佳純は一切陽から離れようとしなかった。

そしてその時間は陽にとって幸せで、かけがえのないものに感じていたのだ。

しかし、それがいつからか、陽の中で苦痛へと変貌を遂げてしまった。

そのせいで——過去に、陽は佳純を大きく傷つけてしまっている。

その呪縛から陽は未だに抜け出せずにいた。

（高校に入ってから、あいつはもう吹っ切れたと思っていたのに……やっぱり、そうじゃなかったんだよな……）

陽はこれから自分がどうするべきかを考える。

今の佳純が本当に幸せなら何も問題はなかった。

しかし、どうやら佳純は、自分の幸せとは違うことで行動をしている節がある。

思い返せば、一年生の時に既にその兆候はあった。

だけど、佳純との一件があったことで距離を置いていた陽は、それを見て見ぬふりをしてしまったのだ。

そのせいで今、状況はかなり厄介なことになっている。

どうやらこのまま終わらせるのは、四人全員にとって不幸でしかなさそうだった。

「――にゃ～」

額に手を当てて考え事をしていると、耳元でかわいらしい鳴き声が聞こえてきた。

「にゃ～さん……」

目を開けると、大切な家族である猫が、陽の顔を見下ろしている。

「ふにゃ～」

陽が名前を呼ぶと、にゃ～さんはスリスリと頭を擦り付けてきた。

この名前は陽が付けたわけではないが、彼も気に入って呼んでいる。

陽はにゃ～さんを抱っこすると、そのまま頭や体を撫で始めた。

にゃ～さんは少し変わった猫で、抱っこされたり撫でられることを全く嫌がらない。

むしろ、自分から求めてくるような甘えん坊なのだ。

陽はそんなにゃ〜さんがかわいくて仕方がなく、普段からよく甘やかしている。

にゃ〜さんが擦り寄ってきたことで、陽は考えを整理するためにも、今はにゃ〜さんを甘やかして癒されることにしたのだった。

◆

「――葉桜君、いらっしゃいますか？」

翌日の昼休み、突如として聞こえてきたかわいらしい声に、クラス内が騒然とする。

クラスメイトたちはまず声の主に視線を集め、次にこれから食堂に向かおうとしていた陽へと視線を向けた。

その視線の行き先を追っていた声の主は、嬉しそうに陽へと近寄ってくる。

「よかったです、まだいらっしゃったのですね」

かわいらしくて素敵な笑みを浮かべながらそう言うのは、昨日共に行動をしていた真凛だった。

「この行動は想定していなかった……」

彼女が現れたことに対し、陽は頭を抱えたくなる。

まだ昨日の答えが出せていないということもあるが、それ以上に、真凛のような注目生徒が陽の許を訪れるのは困るのだ。

簡単に言えば、注目されてしまうからである。

「あっ、ごめんなさい……」

察しがいい真凛は当然陽の言葉をすぐに理解するのだけど、それによって彼女がシュンと落ち込みながら謝ってきたため、クラスメイトたちからの殺意に満ち溢れた視線が陽を射抜く。

男女問わず人気な真凛を悲しませてしまうのは、この学校では重大な罪なのだ。

このままではまずいと思った陽は、とりあえず真凛を連れ出し場所を移すことにした。

「――それで、どうしたんだ？」

わざわざ彼女が訪れるような問題が何か起きた――もっと言えば、佳純が真凛に何かしたのではないかと不安に駆られながら、陽はそう尋ねる。

すると、真凛は気まずそうに口を開いた。

「その……居心地が悪くて、葉桜君のところに逃げてきちゃいました……」

「居心地が悪い？」

「えっと……私が晴君とお話ししなくなったことと、根本さんと晴君の接し方を見て、皆さんお察しになったようで……凄く、慰められるのです……」

「あぁ、なるほど……」

どうやら、恋に敗れた真凛のことを心配して、みんながフォローをしようとしているようだ。

それが真凛にとっては逆に辛く、陽の許に逃げてきたらしい。

（当たり前の流れではあるが、更に状況はややこしくなったな……）

おそらくこの昼休みのうちには、全校生徒に佳純と晴喜が付き合い始めたということと、真凛がフリーになったという内容が知れ渡るだろう。

それは現状をどうにかしたい陽にとって、歓迎できないものだった。

何より、真凛にアプローチをする男子が、今後極端に増えることはいろんな意味で厄介だ。

「それにしても、俺の許に来たのはなんでだ？　他にも秋実の心情を察してくれる友達はいるんじゃないのか？」

「えっと……魔除け、にさせて頂ければと……」

「まじかよ……」

魔除け――真凛はそう例えているが、要は男除けになれということらしい。

「か、勝手だとは思いますが、今は葉桜君しか頼れる御方がおらず……！」

「もしかして、既に何件かアプローチが？」

「放課後、十人の方からお話があると誘われています」

「なるほど……」

さすが学校の二大美少女。

フリーになったとわかるや否や、既に告白をされる予定が十件もあるらしい。

「それに……これからは、休みの日に葉桜君と行動を共にさせて頂くわけですし、少しでも慣れておくほうがいいのかなっと……」

「という建前だな？」

「はい、すみません……」

「まぁ、素直に答えたから別にいいが……」

素直に頭を下げた真凛を横目に、陽はどうするかを考える。

彼女と学校で行動を共にするということは、それだけ多く注目されてしまい、元の関係に戻すことは難しくなっていく。

とはいえ、このまま手をこまねいていると、真凛を狙う男子たちがたくさん出てきてしまうわけで――彼女の心のケアは欠かせない以上、それも看過できない。

ここは何に重きを置くかだが――。

陽は、チラッと真凛の顔を見る。

すると、彼女はまるで小動物が縋りついてくるような表情で、陽の顔を見上げていた。

どうやら、言葉にしている以上に困っているらしい。

となれば、当然無視することなんてできなかった。

（くそ、なんだか柄じゃないことばかりしてるな……）

そんなことを考えながら、陽は口を開く。

「わかった、秋実が助かるなら好きに俺を利用すればいい」

陽がそう伝えると、真凛は満面の笑みを浮かべた。

「ありがとうございます、葉桜君……！」

そうお礼を言ってきた真凛に対して陽はコクリと頷き、その後は二人で食堂へと移動するのだった。

◆

「──あ、あの、真凛ちゃん、一緒に食べてもいいかな？」

食券を買いに行った陽を食堂のテーブルで待っていると、見知らぬ男子が真凛に話しかけてきた。

「ごめんなさい、今は彼を待っていますので」

真凛は、顔も知らなかった相手に対して誰かとは尋ねず、食券を買う列に並ぶ陽へと視線を向ける。

すると、男子は絶望に打ちひしがれた表情を浮かべた後、トボトボと立ち去っていった。

（ごめんなさい……）

真凛は心の中でだけ先程の男子に謝る。

陽を待っていることは嘘ではないが、先程から真凛は、一緒に食べようとしてくる男子たちが、わざと勘違いするような断り方をしていた。

それに対して少し罪悪感を抱いてしまうのだ。

しかし、先程から断っても断っても男子からの誘いが絶えない。

男子からどのように見られているのか真凛は自覚していたが、今までほとんど誘いを受けることはなかった。

それは、ひとえに幼馴染みである晴喜の存在が大きかったのだろう。

やはり特定の相手がいる女子には、男子も声を掛けづらいのだ。

「………」

このまま席に座っていると疲れるだけだと思った真凛は、陽の許へとテクテクと歩いて行くことにした。

そして――。

「なんですか、それ……？」

丁度陽が受け取った料理――真っ赤な液体がたっぷりとかかったどんぶりを目にしてしまった真凛は、恐る恐る尋ねてしまった。

「ん？　来てたのか。これは激辛からあげ丼だ」

「どんぶりから出る湯気だけで、目が痛いです……」

「おいしいぞ？」

「………ごくっ」

人間は好奇心旺盛な生き物である。

自分の想像がつかない食べ物を前にし、それをおいしいと言われれば、どうしても味が気になってしまうものだ。

そして、見た目からは辛い物というのはわかっても、それがいったいどれくらい辛いのかはわからない。

そのため、真凛は一口だけ食べてみたいと思ってしまった。

空いている席に二人で座るが、真凛の視線は陽の激辛からあげ丼から外れない。

誰がどう見ても、真凛の興味は激辛からあげ丼に注がれている。

「一つ食べるか？」

「いいのですか……？」

いいも何も、興味津々の表情をされていたら無視はできない。

そのため、陽は真凛がテーブルに置いていた、弁当箱の蓋の上へとからあげを一つ乗せた。

それと、一緒に真っ赤に染まった、ご飯も少しだけ乗せる。

「あ、ありがとうございます。では、私のほうも――」

真凛はそう言ながら、テーブルに備え付けられていた取り皿へ、シソの豚巻き一つと、卵焼きを一つ乗せた。

「二個もいいのか？」

「等価交換です。まぁ、私のは手作りなので、味は保証できませんが……」

真凛の手料理――それを聞いた途端、真凛と陽のやりとりに耳を澄ましていた周りの男たちの視線が、一斉に陽たちへと向く。

そして、全員が陽に対して嫉妬の視線を向けてきた。

(胃に穴が開きそうだな……)

とんでもないほどの敵意を向けられる陽は、改めて、今自分がどれだけ人気がある女の子と一緒にいるのかを理解した。

真凛の手料理など、他の男子ならお金を払ってでも食べたがるものだろう。

そんなものを食べてしまえば、男子からの嫉妬は避けられない。

「いや、俺はいい」

見た目は、どちらも凄くおいしそうに見えるので残念ではあるが、さすがに我が身の安全と天秤にかけた場合、選ぶほうは決まっている。

だから陽は断ることにした。

しかし――。

「私の手料理、そんなに食べたくありませんか……」

手料理と聞いて陽が退いたと勘違いした真凛が、悲しそうに表情を曇らせてしまった。

それにより、周囲からの視線は嫉妬から殺意へと変わる。

(うん、やっぱり俺は秋実と相性が悪い気がするな……)

相手に素っ気なくしてしまう陽の言葉は、いい子の代表みたいな真凛を悲しませてしまう。

そしてそれは、同時に周りを敵に回してしまうのだ。

「いや、そういうわけではなく、周りの目が、な……？」

とりあえず真凛を悲しませておくと敵意の数が増えていくだけなので、陽は遠回しに理由を説明した。

すると陽が言いたいことがわかったらしく、真凛は悲しむ表情から困った表情へと変えた。

「わかりました。本当は自信作だったので食べて頂きたかったですが、これでは仕方がありませんね」

「まぁ、機会があればまた次の時に頼む」

「はい……！　それでは、申し訳ないですが頂きますね」

陽の言葉に笑顔で頷いた後、真凛はからあげへと箸を伸ばす。

そして、口に入れると――。

「～～～～～～～っ！」

言葉にならない声をあげて、涙目で悶え始めた。

口元を両手で押さえ、全身を大きく振っている。

「あぁ……それおいしいんだけど、ちょっと辛すぎるんだよな」

真凛の様子を見て陽は呑気な声でそう呟く。

それに対し真凛は――（先に言ってください！）と、心の中で叫んでしまった。

「水、飲むか？」

コクコク――！

あまりにも悶えているので、可哀想になった陽が尋ねると、真凛は一生懸命首を縦に振った。

だから陽は、真凛の水を目の前に置いてあげようとするが、真凛はそれよりも早く、陽の近くにあったコップを手に取ってしまった。

そして、グビグビと勢いよく飲んでしまう。

「…………」

陽はその姿を見て固まってしまい、周りの男子生徒たちも愕然として真凛を見つめてしまった。

知らぬは本人ばかり。

辛さが消えず更なる水を求めて周りを見回した際に、真凛はようやく違和感に気が付いた。

「あへぇ……？　にゃんで、ここにコップがありゅのでしゅか……？」

真凛は辛さで舌がおかしくなってしまったのか、滑舌悪くそう陽に尋ねてきた。

体は小さく震えており、顔は真っ赤に染まって涙目になっている。

この様子は辛さが原因なのか、それとも本当は自分がしてしまったことに気が付いていているのか——おそらく、両方が原因だろう。

「…………」

陽は真凛の質問には答えず、本来の彼女のコップを手に取って飲み始めた。

それにより、更に周りは騒然とするが——実はこのコップ、まだ真凛は手を付けていなかったのだ。

そのことを知っていたからこそ、陽は真凛のコップに口を付けることができた。

「はじゃくりゃきゅん……」

「どうした？　水が足りないのなら注いで来るといい」

恥ずかしそうに見つめてくる真凛に対し、陽は素っ気なくそう返した。

それにより、真凛はすぐに席を立って水を注ぎに行く。

陽の意を汲んだのか、それとも辛さが我慢できなくなったのかはわからないが、陽はそんな真凛の後ろ姿を見つめながら、小さく溜息を吐く。

そして、嫉妬の視線を全身で受けながら、箸でからあげを摘まんで口に入れるのだった。

「からっ——」

◆

「かりゃかったでしゅ……」

水を注いで戻ってきた真凛は、若干恨めしそうに涙目で陽の顔を見つめてきた。

戻ってくるのが少し遅かったため、辛さが引くまで何度も水を飲んでいたのだろう。

先程間接キスをしてしまったことに関しては、真凛もなかったことにしたようだ。

「そんな目を向けられても、予め激辛というのは伝えていたし、見た目からも十分わかっていただろ？」

「しょうていしたかりゃしゃの、しゅうばいかりゃかったでしゅ……」

想定した辛さの数倍辛かった――その言葉を聞き流し、陽はパクパクとからあげやご飯を口に入れていく。

真凛はその様子を、信じられないものでも見るかのような目で見つめていた。

「どうした？」

「かりゃく、ないのでしゅか……？」

「いや、辛いぞ？　その辛さは十分味わっただろ？」

では、なんで水も飲まずにそんなにバクバクと食べられるのですか――と真凛はツッコミたくなるが、その言葉をグッと飲み込んだ。

陽の様子を見るに、その質問を投げかけたところで理解できる言葉が返ってくるとは思えなかったからだ。

（舌と唇が痛いです……）

真凛は自身のお弁当を食べながら、激辛の食べ物を食べた影響でまた涙目になる。

すると、目の前で食べていた陽が急に椅子から立ち上がった。

「どうしゃれました？」

「ちょっと席を外す」

陽は素っ気なく答えると、そのまま気だるそうに歩いて行った。

（お花を摘みに行ったのですね）

誤魔化すような素振りから、真凛は陽がどこに向かったのかを予測した。

そして、男子なのに食事の席でちゃんと言葉を選んだことから、真凛の中で少しだけ陽の評価が上がる。

（意外と、気遣いはできる人ですよね）

普段冷たいけれど、実際はわかりづらくも周りに気を遣っている姿を、何度か真凛は見かけたことがある。

しかし、そのことを本人に言っても、決して認めないだろう。

だから真凛の中で陽は、『ツンデレみたいな人』という印象だった。

――そんなことを考えながら食事を進めていると、目の前にトンッと何かが置かれた。

「これは？」

反射的に顔を上げると、陽が素っ気ない表情で真凛の顔を見下ろしている。

「ヨーグルトだ」

「しょれは、見たらわかりましゅが……」

真凛が聞きたかったのは、どうして真凛の目の前にヨーグルトを置いたのか、ということだった。

しかし——陽のもう片方の手を見て、真凛は陽の意図を察した。

「俺のを買うついでに買ってきただけだ。奢りだからお金も取りはしない」

陽はそう言うと、もう片方の手に握っていたヨーグルトの蓋を開けて、食べ始めた。

そんな陽の顔を、真凛はジッと見つめる。

「なんだよ？」

見られることを不快に感じた陽は、不機嫌そうに真凛を睨むが、真凛は小さく首を横に振って笑顔で口を開いた。

「ありがとう……ごじゃいましゅ……」

陽はそんな真凛の顔から視線を外し、黙ってパクパクとヨーグルトを食べ始める。

そして真凛も同じようにしてヨーグルトを食べ始めるが、視線はずっと陽を見つめていた。

真凛は知っている。

陽は面倒くさがりに見えて、実は準備がいい男だということを。

その陽が、後からヨーグルトを買いに行くなどという手間なことをするはずがない。

激辛のものを食べるのはわかっていたのだし、必要なら一緒に買っていたはずだ。

それなのに今しがたわざわざ買いに行ったのは、真凛が辛さの余韻に苦しんでいるとわかったからだろう。

二つ買ったことや、ついでだと言ったこともただの照れ隠しでしかない。

現に、陽はどこか居心地が悪そうにしている。

（ギャップ、ずるいですね……）

この時、ヨーグルトを食べる真凛の頬は緩みきっていたのだが、周りの生徒たちはそれが本当にヨーグルトによるものなのか、それとも目の前にいる男のせいなのか気になってしまい、食事どころではなくなるのだった。

「──さて、教室に戻るか」

ヨーグルトも食べ終わり、真凛の様子も戻ったことを確認した陽は席を立とうとする。

食堂は広く、十分席は空いているため急いで立ち退く必要はないが、全方位から嫉妬の視線を向けられて針のむしろ状態のこの場から、陽はすぐにでも離れたかった。

しかし、真凛は陽の言葉を聞いて表情を曇らせてしまう。

「戻っちゃうのですか……？」

その表情からは、陽がこの場からいなくなることを嫌がっているというのがわかり、かまってほしそうな甘えたがりの仔犬のようにも見えてしまった。

真凛の表情を見た周りの生徒たちは、全員が息を呑み、陽の答えに注目をする。

すると、陽は少しだけ考えて姿勢を元に戻した。

「居心地悪くないか？」

「でも、クラスのほうが……」

「……そうか」

真凛の言葉を聞いて陽は一瞬場所を移すことも考えたが、周りの様子からみておそらく付いてくる可能性が高い。

それならば、椅子もあって飲み物にも困らない、食堂のほうがいいと判断した。

しかし、居心地が悪いのは変わりなく——陽は黙り込み、スマホを取り出した。

「あの……」

真凛としては話し相手の陽に黙り込まれると気まずくて仕方がなく、何か話せないかと声をかけようとする。

しかし、陽が何か意味ありげな目を向けてきたことで、真凛は口を閉ざした。

そして陽の目に注目すると、陽の視線は再度スマホに移り、もしかして——と思った真凛は、自身のスマホを見てみる。

すると、陽からメッセージが届いていた。

『これで話す』

どうやら陽は、周りに聞き耳を立てられるのを嫌い、メッセージでやりとりをすることにしたようだ。

（やっぱり、葉桜（はざくら）君は気が利きますよね……）

真凛はそんなことを考えながら、スマホをタップする。

『わかりました』

『んっ』

陽からそう返事がきて、真凛はしばし陽の続きの言葉を待つ。

しかし、少し経(た)っても一向にメッセージはこなかった。

(……………えっ、これで終わりですか!?)

メッセージでやりとりをするというものだから、てっきり何か話題を振ってもらえると思った真凛だが、陽はそれ以上何も送ってくる様子がない。

真凛は顔を上げて陽のことを見てみると、彼は既にスマホをテーブルの上へと置いていた。

(話す気ゼロではないですか……!)

真凛は思わずそうツッコミを入れたくなるけれど、こちらがメッセージを送れば反応することはわかっていたので、そっちで対応することにする。

『葉桜君はいじわるです』

真凛からきたメッセージにはそう書かれており、陽は首を傾(かし)げながら真凛に視線を向けてみる。

すると、真凛の頬は不服そうに小さく膨れていた。

『急にどうした? というか、いつも笑顔でいるというお前のキャラが壊れてるぞ』

『キャラとか言わないでください。笑顔でいたほうがみんなが喜んでくださるから、していただけです』

それをキャラというのではないのか？

陽はそう思ったけれど、更に真凛が拗ねるのは目に見ていたので、別のことを聞いてみる。

『じゃあ、なんで今は膨れっ面？』

陽にそう聞かれた真凛は、思わずスマホを操作する手を止めてしまう。

指摘されるまで気が付かなかったが、確かに気が付いたら陽には素の感情を見せてしまっている。

真凛にとって今までそんな相手は一人しかいなかったため、どうしてこんな態度を取っているのか自分でも不思議だった。

しかし、一つだけ断言できることはある。

それは、これが恋心によるものではないということだ。

『泣き顔を見られたから、でしょうか……？』

『なんで俺に聞き返すんだよ』

陽にツッコまれるものの、真凛本人でさえよくわからないので仕方がなかった。

だから困ったように陽の顔を見つめると、陽も同じく困ったようにそっぽを向いた。

そして、スマホをタップし始める。

『まぁ、いい』

素っ気なく短い文で返ってきた言葉。

しかし、その素っ気なさが実は反対の意味を持っていると理解した真凛は、思わず微笑んでしまう。

(やっぱり、葉桜君はツンデレみたいですね)

真凛はニコニコとしながらスマホをタップする。

『ありがとうございます』

そう送ると、陽は嫌そうに真凛の顔を見てきた。

だから真凛があえて笑顔で返すと、陽はすぐにスマホをタップする。

『何か変なことを考えていないか?』

(変なこと――さて、なんのことでしょう?)

真凛は周りを魅了するような笑みを浮かべながら、陽に対して返信をする。

『よくわかりませんが、葉桜君はお優しいですね』

そう送ると、陽は更に嫌そうな顔をして再度スマホを操作する。

そして、テーブルの上に置いてしまったのだが、真凛のスマホにはメッセージが届かなかった。

(遅延、でしょうか……?)

こんな急に電波障害が起きるのかはわからなかったが、真凛は少しだけメッセージが届くのを待ってみる。

しかし、五分ほどスマホを見つめていても、一向にメッセージは届かなかった。

不思議に思った真凛は、ちゃんと送信できているのかを陽に尋ねようと顔を上げる。

そして、気が付いた。

陽が、呆れたような顔をして真凛の顔を見つめていたことに。

（まさか――！）

先程の操作で陽は何をしていたのか――それに思い当たる節があった真凛は、急いでスマホを操作する。

そして、陽のアカウントに無料のスタンプを送りつけてみた。

すると――。

『この相手には送ることができません』

というメッセージが返ってきてしまった。

そのメッセージを受けた真凛は、プルプルと体を震わせ、拗ねたように陽の顔を再度見てみる。

しかし、陽は気に留めた様子はなく、既に視線をスマホへと向けていた。

その態度がわざと自分を煽っているのだと理解した真凛は、陽が見ていないのにもかかわらずニコッと素敵な笑みを浮かべる。

すると、真凛たちを見つめていた男子たちが、それだけで発狂をするのだが、今の真凛にとって周りの反応なんかどうでもよかった。

それよりも、目の前にいるいじわるな相手のことで頭はいっぱいなのだ。

（へぇ、そうですか。そんなことをしちゃうのですか。それでしたら、私にも考えがありますよ？）

この時、陽はまだ知らなかった。

秋実真凛は誰からでも愛され、誰にでも優しい女の子ではあるが——実は、気が許せると判断した相手には、容赦をしない女の子だということを。

いじわるをされて拗ねた真凛は、ソッと音を立てずに席から立ち上がる。

あまりにも静かに立ち上がるものだから、スマホに視線を落としていた陽はそのことに気が付いていない。

真凛は食堂に居合わせた生徒たちの視線を全身に集めながら、陽の真後ろへと回り込んだ。

そして——。

「昨夜はとてもお優しかったのに、一夜が明けるとこんなにも冷たくなってしまわれるのですね……」

いつものかわいらしい声ではなく、わざと作った妖艶な声でそう囁いた。

「——っ!?」

突如肩に両手を置かれ、そして耳元で色っぽい声を出された陽は、思わず固まってしまう。

そんな陽に対し、真凛は更に追い打ちをかけた。

「私のこと、もう飽きてしまわれたのでしょうか……？」

思わず陽が振り返ると、真凛は悲しそうに表情を曇らせていた。

しかし、口元は若干緩んでいる。

「お前……」

この時、陽は真凛に抱いていた評価が、間違っていたことを理解する。

先程、自分をからかうようにしてきた真凛を、あえて突き放せばもう同じことをしてこないと踏んでいたのだが、真凛は陽が今されると一番困る方法で報復をしてきたのだ。

「——ど、どういうことだ、昨夜優しくって……」

「真凛ちゃん、嘘だろ……？　嘘だと言ってくれ……」

「あの男、俺の真凛ちゃんになんてことを……！　絶対に許さん……！」

真凛は囁くように言ったわけだが、耳を澄ませて待機していたすぐ近くの生徒たちには、しっかりと聞き取れてしまった。

そしてその聞き取れた生徒たちの抽象的な発言で、更に誤解は広がっていく。

水面に石を投じれば波紋が一瞬のうちに広がっていくように、陽たちを中心としてその誤解は一瞬で食堂の全域に到達した。

しかし、真凛の追撃はまだ終わっていない。

この後来る言葉がわかった陽は、すぐに両手を上げた。

「参った、降参だ。だからそれ以上は言うな」

このまま真凛を放置していた場合、次に真凛が言う言葉はこうだった。

『これから休日の度に一緒にいるご予定なのに、私とはもう一緒にいたくないのでしょうか？』と。

さすがに陽も、一語一句完璧に読み取れていたわけではないが、大方こういうことを言ってくると理解していた。

だから、そんな致命的な言葉を言われる前に、白旗を揚げたのだ。

――まぁ、既に手遅れ感は否めないのだが。

「おい、あの男の情報求む」

「いいな？　姿が見えない夜中が狙い目だぞ」

そんな言葉が全方位から聞こえてきて、陽は頭が痛くなる。

真凛のことを、一部では天使と崇める生徒たちもいるのだが、そのことを思い出した陽は、思わずこう考えてしまうのだった。

（天使は天使でも、堕天使だろ……）

◆

「ふふ」

一人で教室に戻る中、先程の陽の顔を思い出していた真凛から、思わず笑い声がこぼれる。

真凛がやり返した時、陽は大層驚いた表情を浮かべてしまった。

一年生の時からクールな陽はそんな表情を見せたことがなく、滅多に見られない表情が見られた真凛はご機嫌になったのだ。

（いじわるをした葉桜君が悪いのです）

真凛はそんなことを考えながら、ニコニコ笑顔で廊下を歩く。

すると、教室の入口で、見知った女の子が壁にもたれるように立っているのが視界に入った。

それにより、ご機嫌だった真凛の感情は一気に降下してしまう。

思い出したくなかったことを思い出してしまい、ズキズキと胸が痛んだ。

しかし、相手は何も悪くないので、真凛はグッと感情を押し殺す。

そして、ペコッと頭を下げて、女の子の前をさっさと通りすぎることにした。

「――ねぇ」

しかし、なぜか向こうから声をかけられてしまった。

「どうされました？」

真凛はなんとか笑顔を作り、声をかけてきた少女——根本佳純の顔を見上げる。

きちんと笑えているか今の真凛にはわからないが、相手に不快感を与えないよう善処した。

そんな真凛の顔を見つめながら、佳純はゆっくりと口を開く。

「今、教室は騒ぎになっているわよ。あなたに彼氏ができたってね」

「……………」

さすがSNSが普及した時代。

噂が広まるのも早い、そんなことを考えながら真凛は口を開く。

「それは困ったものですね」

真凛がそう答えると、佳純は『しらじらしい……』と、小さく呟いた。

しかし、すぐに真凛の顔を見つめて再度口を開く。

「本来なら場所を移して話したいところだけど、生憎もう次の授業まで時間がない。だから単刀直入に聞くわ。私、一年生の時から彼に関わってはだめと何度も忠告したわよね？どうしてあなたは聞いてくれないの？」

彼、と言われ真凛はすぐに該当する人物を思い浮かべる。

周りに対して一線を引き、毎日やる気がなさそうに学校生活を送る男——葉桜陽のことを、佳純は言っている。

真凛は一年生の時から陽に話しかけた後は、高確率で佳純から注意を受けていた。

『あの男は最低なの。あなたみたいな女の子が、関わったらだめな相手なのよ』

そんな感じのことをよく言われていた。

思えば、入学当初に陽を孤立させたのは彼女だ。

陽の悪評を流し、誰も彼に近寄らないようにさせた。

特に、女の子が関わろうとすると、すぐに手を回していた節がある。

元々陽が他人を突き放す性格であることは確かだけれど、彼が色眼鏡で見られる原因を作ったのはまず間違いなく佳純だ。

そのことを、真凛はよく思っていなかった。

「私は人を見る目に自信があります。彼は、信頼できる御方(おかた)ですよ」

相手を刺激しないように、ニコッとかわいらしい笑みを浮かべて答える真凛。

真凛と佳純は恋のライバルではあったが、決して仲が悪いわけではない。

むしろ、勉強ではトップ争いをするいいライバルであり、陽のことを除けば話がわかる相手だと真凛は思っていた。

その佳純が、本来であれば気にも留めないような相手である陽のことを、異様に敵視していることが気になるが、彼女と敵対するのは得策じゃないと真凛は判断した。

だから、やんわりと返したのだが——佳純は、真凛の答えが気に入らなかったらしい。

「何も知らないくせに、彼のことを知ったような口を利かないでくれる?」

普段クールな印象を受ける彼女の声よりも、更に数段低くなったトーンで発せられた言葉。

表情からも、明らかな嫌悪感が窺える。

そのトーンと表情に思わず真凛は驚いてしまった。

しかし、その真凛の様子を見て我に返ったのか、佳純は一呼吸置いて再度真凛の顔を見つめてきた。

「とりあえず、彼にはもう関わったらだめよ。このままだと必ず後悔する時が来るわ」

真剣な表情でそう言ってくる佳純だが、真凛は納得がいかなかった。

佳純は関わったらだめと言うだけで、どうして関わったらだめなのかという肝心な部分を隠し続けている。

それはおそらく、彼女にとって都合が悪い部分なのだろう。

そうでなければ、後押しになるのだから理由もきちんと話すはずだ。

これだけ異様な執着をする人間が、そのことに気が付いていないとは思えない。

そう判断した真凛は、やはり彼女の言葉に耳を傾けるわけにはいかないと思った。

「たとえこの先、あなたの言うような未来が待っていようと、それも私が選んだ道の結末です。それで後悔をすることになろうと、私が選んだ道であれば、後に納得することができます。しかし――」

そこで真凛は一旦言葉を止め、佳純の目を見つめた。

そして、ニコッとかわいらしい笑みを浮かべて、再度口を開く。

「あなたの言葉を信じて彼と距離を取った時、私は必ず自分の行いを後悔するでしょう。そして、他者に唆されて道を選んでしまった私は、きっと納得することができません。ですから、私は私の信じた道を歩みます」

かわいらしい笑顔で言いつつも、明らかに佳純に喧嘩を売る言葉。

真凛のような、誰とでも仲良くしようとする女の子にそこまで言わせた男に対し、佳純は密かに怒りを燃やした。

しかし、周りの状況に気が付いた佳純は、グッと感情を殺して口を開く。

「そう、あなたは賢い人だと思っていたけれど、どうやら愚かな人だったようね」

「自分の目ではなく、人の噂を信じて相手を判断することのほうが、私は愚かだと思いますよ？」

「あなたが彼をそこまで庇う理由は何？　そんなに昨夜かわいがってもらえたの？」

「さぁ、どうでしょうか？」

睨むようにして見つめてくる佳純に対し、真凛はずっと笑顔で答え続ける。

しかし、明らかに佳純が苛つく言葉を選んで答えていた。

これは、真凛が佳純に気を許しているというわけではない。

ただ、今までの鬱憤と、自分に手を差し伸べてくれた相手を陥れようとする佳純に、我慢ができなくなったのだ。

だから、最初は穏便に済ませようとしていたはずの真凛は、攻戦に転じてしまった。

――真凛は本能で察していた。

ここで退いてしまうことは、後に取り返しのつかない過ちになるということを。

一触即発――そんな雰囲気になっている二人。

しかも、学校の二大美少女と評される二人が、意味ありげなやりとりをしているのだから、周りが注目しないはずがなかった。

そのせいで、今や真凛たちは大勢の生徒に囲まれ見られている。

そして、普段とは明らかに違う二人を前にした生徒たちは、彼女たちを唯一止められるであろう男子へと視線を向けた。

しかし、彼も他の生徒たちと同様に、普段とは違う二人の態度に戸惑ってしまっており、彼女たちを止める様子は一切見せない。

そんな中――彼とは別の方向から、声が上がった。

「なんでこんな注目を浴びてるんだよ、お前らは……」

突如として聞こえてきた、めんどくさそうな声に全員の視線が集まる。

そして、意外な人物の登場に全員が目を見張った。

「葉桜君……」

真凛がその人物の名前を呼ぶと、彼は仕方がなさそうに、名前を呼んだ真凛ではなく佳純へと視線を向けた。

そして、ゆっくりと口を開く。

「もう授業が始まる。話なら後で俺が聞くから、もう秋実に絡むな」

陽は既に、ここに来るまでの間に、何が起きているかの情報を得ていた。

だからこそ、こうして割り込んだのだ。

しかし、相手は陽のことを憎んでいる佳純だ。

そう素直に、陽の言葉を聞くはずがなかった。

「あなたには関係のないことよ。部外者は引っ込んでくれるかしら？」

佳純は冷静を装い、陽を部外者扱いして会話から追い出そうとする。

だけど、部外者という割には、陽を見つめる佳純の目は異常だった。

だからこそ、真凛はようやく、佳純がどうして今まで陽の悪評を流し続けていたのかを理解する。

愛と憎しみは紙一重。

明らかに陽を見つめる佳純の目は、愛が憎しみへと変わった執念深い目だったのだ。

（しかし、それではどうして……）

佳純が陽を憎んでいるのは間違いない。

だが、同時に陽への想いが捨てきれていないように、真凛には見えた。

そのせいで、真凛の中には大きな疑問が生まれてしまう。

「部外者、か。それがお前の答えか」

佳純に対して考え込みそうになった真凛だが、陽のその言葉を聞いて考えを中断する。

いや、無理矢理中断したというほうが正しかった。

そうでなければ、真凛は初めて、己の中に黒い感情を生み出してしまっていただろうから。

それを本能的に察した真凛は、無意識のうちに陽の会話へと意識を逃がしたのだ。

「答え、とは……？」

真凛は、震えそうになる声をなんとか我慢しながら、陽に尋ねてみる。

しかし、彼は首を横に振ってしまった。

「巻き込んどいて悪いが、お前は聞かないほうがいいことだ」

陽がそう言うと、丁度授業の始まりを知らせるチャイムが鳴った。

見れば、教科担当の教師が、野次馬に混ざって陽たちを見ている。

「――タイムリミットだ。これ以上は先生に怒られて内申が下がるだけだぞ？　さっさと教室に入れよ」

陽はそれだけ言うと、真凛たちに背を向けた。

しかし――。

「あなたはそうやってすぐ逃げる！　本当に卑怯！　最低！　そうやって人の心をかき乱すだけ乱して、何がしたいの！」

心の底から吐き出された、泣き声を含んでいるような声。

その声を出した人物が意外すぎて、他の生徒たちは思わず彼女を見つめてしまうが、陽はこれを待っていたと言わんばかりに、その声の人物を見つめた。

「お前と話がしたい。そして、これで終わりにしたいんだよ。逃げているのは俺じゃなく、お前だろ？」

陽はそれだけ言い残すと、その場を後にするのだった。

その日の夜――膝の上で丸まって眠るにゃ～さんを撫でながら、陽はパソコンを弄っていた。

あの後真凛からの接触はあったものの、結局佳純からの接触はなかった。

今も時々スマホを確認しているが、何度確認しても、佳純からメッセージは届いていない。

（あそこまで言っても駄目、か……）

負けず嫌いな佳純なら、煽ることで話し合いの席に着かせることができるかと考えたが、どうやら期待外れだったらしい。

そんなことを考えていると、陽のパソコンに一通のメールが届く。

そのメールを開くと、中にはこう書かれていた。

『できた、確認よろしく』

短く一文で済まされた言葉。

主の素っ気なさを全面的に表しているメールを見て、陽は苦笑いを浮かべてしまった。

「絶対に今日の当てこすりだな……」

陽は半ば呆れながらも、添付されていた二つのファイルを確認する。

片方のファイルを開くと、誰もが思わず耳を傾けてしまうほどに綺麗な声が聞こえてきた。

陽はその声を聞きながら、予め自分が用意していた動画ファイルを開いて、その声と共に動画を流す。

そして、それをすべて聞き終えた後に、もう一つ添付されていたファイルを開いた。

今度は、声ではなくピアノを用いて作られたBGMが聞こえてくる。

相変わらずの完璧な仕事に、再度陽は苦笑いを浮かべてしまった。

（本当に、こいつのメンタルはどうなってるんだ……）

チェックが終わった陽は、返信をするためにメールを開いた。

『問題ない、完璧だ』

それだけ送ると、早速もらったナレーションとBGMを使って、動画の最終編集を始める。

これは、陽が中学一年生の時からやっている、趣味みたいなものだ。

親からは部活にも入らず――とよく文句を言われていたけれど、今となっては全く注意をされてはいない。

そのおかげで、陽は休日など好き放題できていた。

しかし、いつもならこのまま編集に集中する陽だったが、今日だけはそうもいかなくなってしまった。

なぜなら、先程のやりとりの相手から、返信があったからだ。

いつもなら、陽の確認完了のメールに返信はない。

それなのに今日は返信があったということは、昼休みの一件は無駄に終わらずに済んだということなのだろう。

（これで、まともな内容だったらいいんだけどな……）

そんなことを考えながら、陽はメールを開く。

すると、そこには――。

『こんなことが可能なのは、私だけだから』

明らかに、陽が望んでいない答えが書いてあった。

その内容を見た陽は、思わず天井を見上げてしまう。

自分が彼女を縛っているのか、それとも彼女が自分を縛っているのかはわからない。

ただ、やはり――この一件は根が深く、一筋縄ではいかなそうだった。

（というか、完全に当てこすりのメールじゃないか……）

自己主張が激しいメールの送り主に対し、これからどうすればいいのか陽は再度頭を悩ませる。

　そして――。

「まぁ、とりあえず俺ができることをやるしかないよな」

　優先すべきはなんなのか。

　今日一日を振り返り、陽は自分の方針を再度固めた。

「にゃ～」

　陽が方針を固めると、まるで待っていたかのように、膝の上で眠っていたはずの猫が声を上げた。

「にゃ～さん、起きたのか」

「ふにゃ～」

　名前を呼ぶと、にゃ～さんはご機嫌そうに陽のお腹（なか）へと頭を擦（こす）りつけてきた。

　相変わらずの甘えん坊である。

「にゃ～さんがいてくれるだけで、俺は救われるよ」

「にゃ～？」

　たくさんのことを抱えて若干ブルーな気持ちになっている陽がそう呟（つぶや）くと、にゃ～さんは不思議そうに首を傾（かし）げた。

　当然陽の言った言葉は伝わっていないので、それも仕方がない。

　ただ、陽の表情から何かを感じたのか、にゃ～さんは急に陽の肩に登ってきた。

そして、ペロペロと頬を舐めてくる。

「慰めてくれてるのか？」

「にゃっ！」

猫は人間の感情がわかる生き物だというけれど、励まそうとしているにゃ〜さんを見ていると、それは本当なのかもしれない。

陽はそんなことを考えながら、今日は動画編集をするのはやめて、にゃ〜さんを甘やかすことにするのだった。

◆

翌日――学校では、昨日に引き続き軽い騒ぎが起きていた。

陽は、その元凶の一人である女の子の顔を、ジッと見つめる。

「何か付いていますか？」

元凶はいつも通りかわいらしい笑みを浮かべ、小首を傾げながら陽に尋ねてきた。

周りから注目されていることは気に留めた様子がなく、陽は箸を置いて若干呆れながら口を開く。

「よく周りを気にしないでいられるな」

「もう、慣れましたので」

陽の言葉を聞いた真凛は、仕方がなさそうに肩をすくめてしまう。

まるでお嬢様であるかのような上品な態度に、周りの男子たちが熱っぽい溜息を吐いた。

陽はそんな男子たちに苦笑いしながら、困ったように口を開く。

「悪目立ち、しているな……」

「まぁ、昨日あれだけ派手にやっていれば……」

佳純と真凛の衝突。

それは、彼女たちがヒロインレースをしている時でも起きなかったことだ。

それなのに、昨日——怒鳴り合いこそなかったものの、明らかに敵意を持って二人がやりとりをし、そこに今まで関わっていなかったはずの、陽が登場した。

挙句、佳純と陽の意味深な会話。

生徒たちの関心は今、真凛と佳純、そして陽に集まっているのだ。

「私……やっぱり、一緒にいないほうがいいですか……？」

陽が注目されることに嫌気が差しているのは明らかで、その原因の一端を担っている真凛は悲しそうに陽へと尋ねた。

すると、陽は呆れたように息を吐き、仕方がなさそうに笑った。

「お前と一緒に居ると決めてから、その辺は覚悟してる。だから、気にしなくていい」

陽がそう言うと、真凛の表情がパァーッと明るくなる。

「ありがとうございます……！」

そして満面の笑みでお礼を言うと、陽は照れくさそうにソッポを向いた。

そうしていると、なぜか周りから一斉に舌打ちが聞こえてくる。

どうして舌打ちをされたのかわからず、訝しげに周りを見る陽だが、そのせいで睨んできているたくさんの生徒と目が合った。

(なんかおかしなことを言ったか……？)

周りの生徒とバッチリ目があった陽は居心地の悪さを感じながら、前を向いて置いていた箸を手に取る。

そして、目の前にある真っ赤なラーメンに箸を伸ばした。

「……昨日もそうですが、激辛の食べ物がお好きなのですか？」

陽が麺をすすっていると、少しだけ物言いたげな様子の真凛が尋ねてきた。

しかしその目は、この真っ赤に染まった食べ物に対して、興味を抱いているように見える。

どうやら真凛は好奇心旺盛らしい。

「まぁ、好きだな」

特段意識をしたことはないが、思い返してみれば確かによく食べている気がする。

そんなことを考えながら陽は答えたのだが――。

「そういえば、辛いものが好きな方はドMだとか……」

「――っ!?　ゴホッゴホッ！」

真凜の思わぬ一言によって、むせてしまった。

「だ、大丈夫ですか⁉」

「き、気管！　ゴホッゴホッ！　唐辛子が……ゴホッ……気管に入った……！　喉が焼ける……！」

「わわ！　水！　はい、水です！」

唐辛子が気管に入ったことで悶える陽に対し、咄嗟に真凜は身近にあったコップを陽へと渡す。

そして、昨日とは逆の立場になりながら陽は水を一口だけ飲むが、この対応は間違っているというか、水を飲んだことで更にむせてしまう。

そのまま陽は、気管に入った唐辛子に苛まれるのだが、周りにいた生徒たちはなぜか笑うのではなく、『ふざけるな……！』と、怒りを燃やしていた。

「――泣かすぞ……」

「ご、ごめんなさい……」

落ち着いた後、真凜に怒りを燃やした陽が若干涙目で睨むと、真凜はシュンとして謝ってきた。

しかし、唐辛子に喉を焼かれる思いをし、そしてドMだとからかってきたことに対する陽の怒りは収まらない。

だから更に文句を言おうとしたのだが――なぜか、自分の前にコップが二つあることに気が付き、口を閉ざしてしまった。

それが何を意味しているのか、怒りで頭に血が上っている陽でもすぐに理解したのだ。

そして、念のため真凛の手元を見てみる。

すると、彼女の手元にはコップが置かれていなかった。

これは、真凛が食べる時に水を用意していなかったというわけではない。

彼女が水を用意し、ちゃんと飲みながら食べている姿を陽は見ていた。

つまり、彼女の手元にコップがなく、陽の手元にコップが二つある理由は、一つしかないのだ。

「えっと、黙り込まれると更に怖いのです……が……」

俯(うつむ)いていた真凛は、陽が黙り込んだことで恐る恐る顔をあげたのだが、その際に、陽の手元にコップが二つ置かれていることに気が付き、言葉を途切れさせてしまった。

そして、自分の手元にコップがないことに気が付き、プルプルと体を震わせる。

「あ、あの、ごめん、なさい……」

「いや……うん、こちらこそ……」

先程の怒りはどこへやら。

二人はお互いがやらかしたことに気が付き、互いに気まずさから謝るしかなくなった。

そんな二人を取り囲む周りの空気は当然――陽への怒りと、殺意で満ち溢(あふ)れている。

「………」

「あ、あの、佳純ちゃん……？　そんなに睨むと、二人が可哀想だよ……」

「………」

「ひぃっ――！　ご、ごめん！　なんでもないです……！」

何やら離れた席では、黒い雰囲気を纏った女子に睨まれた男子が、怯えたような声をあげていたが、いたたまれなさでいっぱいになっていた陽は気が付かない。

「………」

そうしていると、とても不機嫌そうにしている少女――根本佳純は、黙って席から立ちあがった。

その様子を見ていた晴喜は彼女を止めることができず、黙って後ろを付いていく。

佳純は、後ろを付いて来る晴喜のことは気にも留めておらず、まっすぐに陽たちを目指して歩いていた。

佳純の存在に気が付いた生徒たちは思わず息を呑み、彼女の行動に注目をする。

そんな周りの反応でさえ、佳純は気にした様子はなく、一直線に陽へと向かっていく。

そして――静かに、陽の後ろに立った。

佳純が来たことに気が付いた真凛は、息を呑みながら彼女の顔を見つめる。

だけど、今の佳純は真凛ですら眼中になかった。

陽の行動を注視し、彼が麺をすった瞬間――佳純は、口を開いた。

「ロリコン」

「――っ!?」

寒気がするほどに冷たい声が真後ろから聞こえてきた陽は、驚いて勢いよく麺をすすってしまった。

そのせいで、先程と同じく気管に唐辛子が入る。

「ゴホッゴホッ！　の、喉が……！」

「は、葉桜君、大丈夫ですか!?」

涙目で咳き込み始めた陽に対し、心配した真凛が声をかける。

そんな二人を見下ろしながら、佳純はニコッと笑みを浮かべた。

「ざまぁみろ」

その言葉を聞いた陽は、若干目に涙を溜めながら佳純の顔を見上げる。

そして、怒りの感情を込めて睨みつけた。

「ど、どういう……ゴホッゴホッ……つもりだよ……！」

「あら、なんのことかしら？」

陽の言葉に対し、佳純は頬に手を当てて小首を傾げる。

全く悪気がないどころか、白々しい態度に陽は更に腹が立った。

「とぼ、けるな……。いきなり……ゴホッ……人の後ろで……ゴホッゴホッ……ロリコン、なんて言いやがって……」

「別に、誰もあなたのことをロリコンと言ったわけではないのだけど？」

「じゃあ……誰に言った……んだよ……？」

「木下(きのした)君ね」

「えぇ!?」

いきなり話を振られた晴喜は、思わず声をあげてしまう。

平然と彼氏を売る姿を見て、この場にいる全員が佳純のやばさを察した。

「さすがに……ゴホッゴホッ……それは……無理がありすぎるだろ……」

晴喜が本当にロリコンなのであれば、佳純ではなく真凛を選んでいる。

そんなことを考えながら言った陽だが、首元にヒヤッとした物が触れたことで、体をビクッと震わせた。

「――っ!?」

いったい何が触れたのか――そう不思議に思って首元を見ると、隣に座っている真凛の手がなぜか自分に当てられている。

訳がわからず真凛の顔を見ると、ニコニコ笑顔で真凛は陽の顔を見つめてきた。

その笑顔は、とてもかわいらしいものだ。

しかし、なぜかこの時陽は、体に寒気が走るのを感じた。

「ど、どうした……？」

思わず声をかけると、真凛はニコニコ笑顔のまま首を傾(かし)げる。

そして、ゆっくりと口を開いた。

「いえ、何か失礼なことを考えていますね、と思いましたので」

その言葉を聞き、陽は再度体に寒気が走った。

確かに陽が先程考えたことは、真凛に対して失礼なことと言えるだろう。

なんせ、真凛のことを、ロリ体型と思い浮かべていたようなものなのだから。

――もちろん、女性らしいある一部を除いて、だが。

しかし、当然陽はそんなことを口走ってはいない。

おそらく表情から察したのだろうけど、自分も前にロリコンネタを放り込んできたくせに、こちらがロリ扱いするのは気に入らないのか、と陽は思ってしまった。

だが、そんなツッコミを入れることができないくらいに、現在真凛の機嫌は悪い。

おそらく、佳純がこの場にいることと、先程晴喜のことを彼女がダシにしたのが、その原因だろう。

晴喜のことを今も好きでいる真凛からしたら、とても腹が立つ行為だったはずだ。

「………………」

そして、佳純は佳純で、陽の首に触れた真凛のことが気に入らず、凄(すご)い目で真凛を睨んでいた。

おかげで、二人に挟まれている陽は生きた心地がしなくなる。

（くそ、どうして俺がこんな目に……）

お互いが気に入らない二大美少女に挟まれた陽は、自分の境遇を嘆いてしまう。

そもそも、佳純が食堂にいることは予想外だった。

佳純は普段弁当で、一年生の時は晴喜も弁当を持ってきていた、と陽は記憶している。

だから二人が食堂に足を運ぶことはないと踏んでいたのだが、陽は自分の認識の甘さを恨んだ。

「それで……何か用なのか……？」

このまま自分が黙り込んでいると、真凛と佳純がまた変な争いを始めかねないと判断した陽は、佳純にこの場に来た理由を尋ねた。

「別に、特に用はないわ」

「何がしたいんだよ、お前は……」

無茶苦茶な佳純に対し、陽は呆れた表情をする。

しかし、その表情が気に入らなかった佳純は、キッと睨んできた。

今にも噛みついてきそうな雰囲気だ。

そんな佳純を前にし、今相手をするのは得策じゃないと判断した陽は、晴喜へと視線を向けた。

「おい……お前の彼女だろ……。どうにかしてくれ……」

陽は痛めた喉でそう言いながら、晴喜の顔を見つめる。

だが――。

「い、いや、僕には無理だよ……」

まさかのことに、晴喜は彼氏としての役目を放棄した。

そのことに対して陽は文句を言いたくなるが、今は真凜がいるためグッと我慢した。

ここで晴喜に文句を言えば、下手をすると真凜までもが噛みついてきかねない。

佳純だけでもめんどくさいのに、これで真凜の相手までしないといけなくなれば、さすがの陽でもきつかった。

ましてや、共通の敵が出来た途端、今までいがみ合っていた者同士が手を組み始める展開も珍しくない。

そうなった時、陽はこの学校の二大美少女両方を敵に回すことになるわけで――誰がどう考えても、その道を選ぶことだけはありえなかった。

そのため、陽は溜息（ためいき）まじりに再度口を開く。

「とりあえず……食事くらい……ゆっくりさせてくれ……」

「…………」

学校が終わり、家に帰った佳純は、自分の部屋で目を閉じて深呼吸をする。

そして――。

「陽のばかばかばか！　人の気も知らないでどうしてあの子にかまうのよ！　そんなにあの子がいいの!?　この、ロリコン男！」

佳純は日頃の鬱憤をぶつけるかのように、大声を上げながらお気に入りの猫のぬいぐるみを、ポカポカと叩き始めた。

彼女は普段クールに見えるが、実際は胸に大層熱い物を秘めている。

そのため、普段はクールだけど、ある一定の状況下では全然クールではなかった。

「ありえないありえないありえない！　というかこの本嘘じゃない！　何が男は逃げれば勝手に追いかけてくるよ！　何が他の男に気があるように見せれば気を惹けるよ！　全然そんなことないじゃない！」

佳純は、一年前に手に入れた本のページを乱暴にめくりながら、怒りの言葉を叫ぶ。

この一年間、それを実行していたものの、効果は一切表れなかった。

そのことに関して凄く腹が立ってしまう。

「はぁ……失敗したぁ……！　こんなことなら、一年前に木下君と手を組むんじゃなかったぁ……！」

佳純は自身の大失態に今更になって気が付き、ベッドに頭から突っ伏す。

後悔先に立たずという言葉があり、今更自分がしてしまった行いを悔いてももう遅い。

一年前、佳純は陽から全ての人間を遠ざけようとした。

しかし、真凛だけは自分の言葉を信じず、陽に関わり続けたのだ。

真凛の見た目がかわいすぎるということで危機感を抱いた佳純は、彼女をどうにかして陽から遠ざけたかった。

その時に目を付けたのが、彼女の幼馴染み（おさななじみ）である晴喜だ。

高校生になってもずっと傍（そば）にいる幼馴染みが、どれだけ女にとって大切な存在か、佳純はよく知っていた。

だから晴喜に気がある素振りを見せれば、彼に気がある真凛は陽にかまっていられなくなると最初は踏んだのだ。

しかし、真凛はきっちり陽のことも気にかけ続けた。

そしてそんな時、自分には恋心がないと見抜かれていた晴喜から、ある提案を持ち掛けられてしまう。

陽への想（おも）いが強かった佳純は、それに思わず乗ってしまうが——結果は、大失敗。

一年経（た）っても、佳純と晴喜の目的は果たされなかったのだ。

そのことに業を煮やした二人が取った行動が、この前の真凛の失恋劇だった。

これは佳純にとって大きな賭けだったけれど、一年経っても自分の望むものを得られなかったのだから、賭けに出るしかなかった。

それが、現状だ。

「こんなの、木下君の一人勝ちじゃない……！　なんであの場に陽がいるのよ！　なんであの子には手を差し伸べたの！　私のことは、あっさりと捨てたくせに……！」

佳純は忘れもしない。

失恋した真凛が走って行った方向に陽がいて、真凛が走ってきたことで姿を隠した彼が、そこから出てこなかったことを。

幼い頃から彼の性格を知っている佳純は、それが信じられなかった。

他人には興味を示さず、自分にだけ優しくしてくれると思っていた存在が、別の女に手を差し伸べに行ったことが。

だからあの晩待ち伏せをしていたのに、陽は言いたいことだけ言って家の中に入ってしまった。

そのことが佳純の中で許せない。

ただ、佳純は、自分にも悪いところがあった、とは思っている。

というのも、陽の顔を見かけるとどうしても決別した時のことを思い出して、怒りが込み上げてくるのだ。

最近は一年以上手を焼かされている状況にも怒りを覚えており、本当に冷静ではいられていない。

陽さえその場にいなければ冷静に考え事ができるのに、陽がいると予め立てていたプランが怒りによって消え去るものだから、佳純はどうにかしたいと思っていた。

しかし――それはそれとして、やはり許せないこともあるもので。

「陽も陽よ！　何が、『それがお前の答えか』よ！　誰がいつあの時の返事をしたの！　私してないからね！　勝手に決めつけないでよ！」

昨日の陽とのやりとりを思い出し、佳純は更に怒りを募らせてバタバタと足を動かす。

昼休みになって、真凛に彼氏ができたと聞いて佳純は青ざめた。

というのも、振られたばかりの真凛が懐きそうな相手なんて、あの状況では一人しか思い浮かばなかったからだ。

案の定探りを入れれば、その相手は陽だった。

自分のことは放っておきながら、真凛にはかまう陽に対して、更に怒りが込み上げてくる。

だからもう真凛を近寄らせたくなくて説得しようとしたのに、真凛は真凛で途中から喰って掛かってくるし、陽は陽で突然現れたと思ったら真凛を庇うようにして自分に立ちはだかった。

本当に、思い出すだけで怒りが込み上げてくる。

「どうしよう……！　このままだと、本当に取り返しのつかないことになる……！」

恐れるのは、真凛の気持ちが完全に陽に移ること。

それを阻止するのなら、自分と晴喜（はるき）の本当の関係を打ち明けるのが最適解に思われるが——実際のところ、それは最悪手だ。

全てを知った時、真凛の気持ちは完全に晴喜から切れる。

そして再度傷ついた彼女が何を求めるのかなんて、考えるまでもなかった。

そうなるくらいなら隠し通して、晴喜への気持ちを切れないようにさせたほうが、まだいい。

しかし、それも長くは続かないだろう。

佳純はよく知っている。

寄り添うようになった陽の、中毒性を。

「陽を秋実（あきみ）さんに盗（と）られる……そんなの、考えるだけでも嫌……」

佳純の行動原理は、陽とよりを戻すことにある。

仲違（なかたが）いをしたとはいえ、未（いま）だ佳純は陽に依存していた。

幼かった頃からずっと依存していたのだから、それも仕方がない。

そう簡単に切り分けられるほど、佳純は大人になれていないのだ。

「どうしよう……？　どうしたらいいの……？」

佳純は解決策を見出（みいだ）すために、学年トップクラスの頭脳をフルに活用する。

しかし、それでも答えは出せなかった。

そう簡単に答えを出せるのであれば、今頃こんなややこしい状況に陥っていなかっただろう。

それこそ今でも、陽の隣で笑っていられたはずだ。

「とにかく、あの二人を二人きりにしておくのだけはまずい……。しかも陽のことだから、週末はどこかに出かけるはず。そこに彼女を誘ってる可能性が十分にあるのが、更に頭を悩ませるわ……」

陽は怒りを覚えるほどに、男女の関係性に疎いところがある。

女性が相手だろうと、必要だと思えば平然と誘えてしまうような男なのだ。

そんな陽が、真凜を慰めるために綺麗な景色を見せるのが有効だと判断したのなら、まず間違いなく週末は二人一緒に出掛けるだろう。

そこまで読んだ佳純は、更に焦りを抱いてしまった。

「こうなったら、あの子に……」

この状況を打破できそうな人間の顔を思い浮かべ、佳純はスマートフォンを手に取る。

「でも、今更力を貸してくれるかどうか……」

しかし、スマートフォンを握った手は、震えてしまっていた。

電話をかけるのが怖い、と佳純は思っている。

陽と決別した頃に佳純が決別したのは、何も陽だけではなかった。

もう一人——それこそ、この状況を打破してくれそうな人物とも、喧嘩別れをしてしまっていたのだ。

だけど、このまま陽と真凛を二人きりにしておくと、絶対に取り返しのつかないことになる。

だから佳純は、意を決して電話をかけた。

『——もしもし？』

電話越しから聞こえてきた声のトーンは、佳純が知っているものより数段低かった。

それにより、佳純は身構えながら口を開く。

「ひ、久しぶり、凪沙」

佳純が電話をかけた相手は、中学時代に知り合った凪沙という人物だ。

佳純が名前を呼ぶと、電話越しから溜息が聞こえてくる。

電話をするのが嫌だ、と言われているように感じるが、佳純は退いたりしない。

「その、お願いがあって電話をしたんだけど……」

『お願い？　君がぁ、僕にぃ？』

凪沙は思うところがあるのか、わざとらしく強調しながら聞き返してきた。

それにより佳純はグッと握りこぶしを作り、苛立ちで震える声をなんとか抑えながら再度口を開く。

「そう、凪沙にしか頼めないことなの」

『ふ〜ん、よく僕にお願いできるね？　どうせ、陽君のことでしょ？』

「――っ」

陽の名前を出され、佳純の心臓はドクンッと高鳴る。

「そ、そうよ」

『だろうね、君が僕に電話してくるなんてそれくらいしかないだろうし。でもさ、僕が君のお願いを聞くと思ってるの？』

「そ、それは……わかってる。だから、お願いというよりも、依頼をしたい」

『依頼、ね。まぁ、それじゃあ仕方ないかな。黒い人間以外は、お客として平等に相手をするのが僕の信条だし』

凪沙が引き受けてくれる姿勢になったので、佳純はホッと胸を撫でおろす。

まずは第一関門突破。

そんな気持ちだった。

『それで、陽君の何を調べてほしいの？　そもそも、よりは戻せたわけ？』

「も、戻せてない……。後、調べてほしいというよりも、知恵を貸してほしい……」

『あのさ、それ僕に対する依頼じゃなくない？　僕、探偵だよ？』

「そ、その辺は、臨機応変ということで、よろしく……」

凪沙の呆れた声に対し、佳純は機嫌を取るような声でお願いをする。

それに対して、凪沙は再度呆れた声を出した。

『はぁ……本当、君って勝手だなぁ。それで、今度は何をやらかしたの？』

どうやら、話は聞いているようだ。

しかし、凪沙の言葉に引っ掛かりを覚えた佳純は、即座に口を開いた。

「わ、私がやらかした前提で進めないでほしいんだけど!?」

『大抵、こういう場合やらかしてるのは君だろ？　陽君がやらかしたことなんてほとんどないというか、一度もないいんじゃない？』

「そ、そんなこと――あ、あるかもしれないけど……。で、でも、今回はやらかしてない……！」

『本当に～？』

「う、うん」

『じゃあ、何があったのか教えてよ』

怪しむ凪沙に対し、佳純は今までの経緯を話した。

すると――。

『やっぱり、佳純ちゃんがやらかしてるじゃないか』

凪沙は、佳純のせいだと告げた。

「なんで!?」

『陽君に近付く女の子を遠ざけようと、その意中の相手に近付いた。そしたら、その意中の相手である男から、陽君の気を惹くために言い寄ってこい、と言われてその通りに

――って、君馬鹿だろ？　完全に自業自得な上に、嵌められてるじゃないか』

「うっ……」

凪沙の言葉により、佳純は言葉を詰まらせる。

薄々そう感じてはいたけど、凪沙に指摘されてやっと自覚をした。

『藁にも縋る思いだったんだろうけど、そんなの陽君相手に一番したら駄目なことでしょ？　どうして長い付き合いなのに、それがわからないの？』

「だ、だって……」

『だってじゃないよ。どうするの？　下手しなくても、陽君をその真凛ちゃんって女の子に盗られちゃうよ？』

「だ、だから、凪沙に電話をしたわけで……」

『要するに、陽君の気を惹く手段を考えてほしい、と？』

「う、うん……」

『君って奴は……』

状況を完全に理解した凪沙は、心底呆れた声を出した。

凪沙でさえも頭を抱える状況に、佳純は更に落ちこんでしまうが――。

『ほんと、君って陽君のことをわかってるようで、わかってないよね？　素直に全部話して、ちゃんと謝りなよ。そしたら、陽君なら許してくれるでしょ』

意外にも、凪沙はすぐに道を示してくれた。

どうやら、呆れていたのは佳純が考えたのとは別の理由らしい。

「ど、どうして、そんなことで陽が許してくれるの……？」

『あのさぁ、君ってなんで陽君を好きになったの？　幼馴染みだから？　違うでしょ？　彼はそこら辺の人間より遥かに器が大きい人だよ。君が謝れば、ちゃんと許してくれるに決まってるでしょ。それに、話を聞く限り、陽君は君と話したいと思ってるはずだよ。だから、ちゃんと話しなよ。このまま向き合うことを恐れていたら、それこそ取り返しのつかないことになるよ？』

凪沙は先程まで出していた呆れた声ではなく、まるで子供を諭すかのような、とても優しい声でそう言ってきた。

それにより、佳純は恐る恐る尋ね返す。

「ほ、本当に大丈夫……？　絶縁を言い渡されたりしない……？」

『大丈夫大丈夫。もしそうなら、とっくにされてるから』

喧嘩をしている態度は見せても、絶縁を陽が言い出したことはない。

それこそ、仲違いをした時に、佳純が激しく取り乱しているのにもかかわらず、陽は佳純と絶縁はしなかった。

だから大丈夫だ、と凪沙は言っている。

「うっ……ま、まぁ、そうかもしれないけど……。でも、謝るタイミングが……」

『ご近所でしょうが……』

言い訳がましく逃げる佳純に対し、凪沙は再度呆れた声を出した。

現在凪沙は遠くに住んでいるけれど、佳純や陽の住所はちゃんと知っているのだ。

なんなら、今すぐにでも謝りに行ける距離だろ、と遠回しに言っていた。

「そ、それとこれとは話が別だと思うの……！」

『要は、謝る機会が欲しいってことだね？　じゃあ、次の陽君の撮影に同行しなよ。君が同行したいと伝えれば、察しがいい陽君なら二人だけで話す場を設けてくれると思うよ』

「こ、断られない……？」

凪沙のアドバイスに対し、佳純は再度不安そうに尋ねた。

陽と佳純は役割分担をしている。

仲良しだった頃は一緒に撮影も行っていたが、仲違いしてからは別々に行動しているのだ。

それを今更同行したいと言ったところで、陽に断られるんじゃないかと佳純は思っていた。

『言ったでしょ、陽君だって君と話したいんだ。だから、断ったりしないよ』

「そ、そう……わかった」

凪沙が断言したことで、やっと佳純の中で覚悟が固まったようだ。

佳純は凪沙とも仲違いしていた——いや、現在進行形で仲違いしてはいるのだが、凪沙の発言には信頼を寄せている。

だから、凪沙が断られないと言った以上、本当に断られないと佳純は思った。

『じゃあ、もう切ってもいいかな？』

結論が出たことで、凪沙はさっさと通話を切ろうとする。

しかし、佳純にはまだ用事があった。

「そんなに嫌そうにしないでよ……！　それに、まだ調べてほしいこともあって……」

『今度は何？　僕、忙しいんだけど？』

佳純が引き留めたことで、凪沙はまた嫌そうな声を出す。

それにより、佳純は若干声を荒らげた。

「早く切りたいだけでしょ……！　それよりも、さっき話した男——木下君に関しても、調べてほしいの。彼、なんだか普通じゃないから……」

一年以上一緒に居たのだ。

晴喜の発言や行動から、佳純は不信感を募らせていた。

何より、晴喜と真凛の問題が解決すれば、その二人をくっつけることができるかもしれない、と考えたのだ。

『ふ〜ん、なるほどね。まぁ、見た目も性格も可愛い幼馴染みを切ろうとするなんて、普通じゃないか。いいよ、元々そっちが本業だし』

「いや、あなた本業は違うでしょ……」

『あっちは趣味！　探偵が本業！』

佳純がツッコミを入れると、何やら凪沙はムキになって否定をした。

どうやら譲れない部分があるらしい。

「まぁ、いいけど。興味ないし」

『君って奴は……！　そういうところ、本当に陽君と似てるよね！』

佳純は基本、自分と陽、そしてにゃ～さんのこと以外には興味がない。

そしてそれは、陽もほとんど同じだった。

少し違う部分を挙げるとすれば、陽は綺麗(きれい)なものにも興味を示す、くらいだろう。

二人をよく知っている凪沙からすれば、他人には興味を示さないところがよく似ていると思ってしまったようだ。

「ふふ、それほどでも」

『褒めてないからね……！』

佳純が満更でもない返事をすると、すかさず凪沙はツッコミを入れた。

それにより佳純は不服そうに頰を膨らませるが、何を言うでもなくパソコンを操作し始める。

『メールを送ろうとしてるの？』

「んっ、善は急げでしょ？」

『じゃあ、僕は切ってもいいかな？　木下って男の情報とかは、メールかチャットで送ってくれたら後は勝手に調べておくから』

必要最低限な情報さえ手に入れば、後は凪沙のほうで調べて、調査の結果を佳純に共有してくれるだろう。

しかし、佳純はまだ通話を切る気はなかった。

「だめ。陽が怒らない文章を一緒に考えて」

『なんで!? それくらい君が考えなよ、得意分野でしょ……!』

「陽のことになると、頭に血が上って変なことを書いちゃうから……」

『一旦落ち着いてから書きなよ……』

「それができたら苦労しない」

陽に対してメッセージを送ろうとすると、学校で一緒に居る陽と真凛のことを思い出してしまい、そこに関する怒りをぶつけてしまいそうになるのだ。

わかっていても、文章を書いているうちに思わず怒りを表してしまい、そのまま送ってしまうだろう。

そういう事態を避けるために、凪沙にはストッパー役になってもらいたい、と佳純は考えていた。

『お金、たんまりととってやるからね……』

「明らかなぼったくりだったら、陽に言いつける」

『それができるなら、謝ることくらい容易いでしょ……』

「それとこれとは話が別だから」

他の誰かが悪さをしていて報告するのと、自分が謝る必要があるものでは、連絡をする重みも違う。

佳純は陽に怒られることが一番嫌なので、怒られる可能性があることには二の足を踏んでしまうのだ。

『それだったら、パソコンに入れてるチャットアプリに切り替えようよ。画面共有しながら見たほうがやりやすいから。ついでに、依頼料の話もするよ』

「わかった、それじゃあ切り替える」

そう言って佳純は通話を切り、チャットアプリで凪沙に電話をかけた。

繋がると、すぐに画面共有をする。

しかし、それにより凪沙は呆れたような声を出した。

『壁紙――中学時代の、陽君の腕に抱き着いている写真とは……』

「な、何よ、悪いわけ!?」

『いや、君わざとこれ見せたでしょ？　重たい女は嫌われるよ？』

画面共有では相手に見せる画面を設定できる。

それなのに、わざわざデスクトップの画面を見せたということは、佳純が自慢をしたかったとしか思えないのだ。

とても幸せそうで微笑ましい写真ではあるが、現在の二人の関係を知っている凪沙からすると、なんともいえないものだった。

「お、重たくないもん……」

『あ～はいはい、そうだね』

この辺の話になると佳純が凄(すご)くめんどくさくなるということを、既に体験している凪沙は流すことにしたようだ。

『それよりも、早く文章作りなよ。チェックしてあげるからさ』

「んっ、ありがとう」

佳純は凪沙にお礼を言った後、陽に送るメールを一緒に作るのだった。

――なお、最終的にメールが出来上がるまでに十回以上書き直すことになり、凪沙は二度と佳純に付き合わないことを心に決めた、というのは別のお話だ。

◆

「――あっ、動画が更新されてます！」

勉強の息抜きとして動画サイトを開いた真凜は、最近お気に入りのチャンネルが新しい動画を載せていることに気が付き、嬉(うれ)しそうにページを開く。

そして、流れ始めた動画に釘付(くぎづ)けになった。

「――ふふ、本当に素敵なものですね」

十分ちょいの動画を見終えた真凜は、満足そうに頬を緩める。

綺麗な景色はもちろんのこと、ナレーションとBGMのことを真凛は特に気に入っていた。

「こんなにも澄んだ声で、視聴者を惹きつけるように情景を言葉に表せるだなんて、同じ女性として憧れちゃいますね。BGMも毎回違うのに風景にピッタリと合いますし、いったいどのような素敵な御方が、この動画を作られているのでしょうか？」

真凛は、美人で綺麗な、そして優しそうなお姉さんを思い浮かべて再度頬を緩める。

見た目が子供にしか見えない真凛は、大人の女性に凄く憧れていた。

そのため、どうにかして内面だけは大人っぽく見せようと努力をしているのだ。

少し前までの憧れは、根本佳純だった。

彼女のような容姿になりたい、真凛が何度も願ったことだ。

だから、正直晴喜が佳純を選んだ時、真凛は心の中で仕方がないと思ってしまった。

自分では佳純には敵わないのだと。

そう思ったからこそ、真凛は辛い気持ちをなんとか押し留めて、佳純と晴喜に対して幸せを願う言葉を言うことができた。

だというのに――。

「根本さんは、晴君のことをなんとも思ってなかった……」

先程までの幸せな気持ちは一変。

晴喜と佳純のことを思い出してしまった真凛は、凄く胸がしめつけられる感覚に襲われた。

「なんで、私……あんな人に負けたの……。なんで、私を選んでくれなかったの……晴君……」

真凛は胸元を手でギュッと握りながら、胸の中に秘めていた想いを吐き出す。

止めどなく目から流れるものを止める必要はない。

なんせ、今は周りに誰もいないのだから。

一度吐き出したらもう止まらない。

いくら優しい真凛とはいえ、今佳純がしていることは到底許せるものではなかった。

中でも一番許せなかったのは、好きな人の気持ちを踏みにじっている行為だ。

だけど、敗者の真凛にできることなんて何もなかった。

晴喜に佳純の本当の気持ちを伝えたところで、彼が佳純を好きなら信じはしない。

いくら幼馴染みの真凛の言葉であろうと、晴喜は好きな人のほうを信じると真凛にはわかっていた。

それどころか、自分が嫌われかねない行為だ。

それなのに佳純のことを告げられるほど、真凛は無謀ではない。

そして、佳純本人に話をしても、無駄だということもわかっていた。

言って素直に聞くような人間なら、そもそもこんな最低なことをしたりはしない。

その事実たちが、真凛の心を蝕み苦しませていた。

――そんな時だった、スマホの通知音が鳴ったのは。

「葉桜君……」

送り主の名前を見た真凛は、頬を伝う涙を拭きメッセージを開いた。

『週末についてなんだが、合流する時間とかもこっちで決めてしまって大丈夫か？』

それは、週末約束していたことに対する、確認のメッセージだった。

真凛は少しだけ迷い、そして返信をする。

『あの……お電話、させて頂いてもよろしいでしょうか……？』

そうメッセージを送ると、既読はすぐについた。

しかし、肝心のメッセージは返ってこない。

そのせいで不安になった真凛は、慌てて取り消しのメッセージを送ろうとするが、ちょうどそのタイミングで、メッセージが返ってきた。

『わかった、こちらからかける』

そのメッセージから十秒ほど経って、スマホの画面が着信を知らせるものへと切り替わるのだった。

◆

「どうした？」

相変わらずにゃ～さんを膝の上に乗せて甘やかしていた陽は、スマホを耳に当てて真凛に尋ねる。

電話をしたいと言い出すなど普通ではない――既に陽は、そう感じ取っていた。

『あっ、葉桜君……こんばんはです……』

聞こえてきたのは、相変わらず子供のようにかわいらしい声。

しかし、普段とは少しトーンが違った。

そして、鼻をすするような音も小さく聞こえてくる。

それによって、陽は少しだけ驚いた。

「秋実……泣いているのか……？」

『――っ。な、泣いてませんよ？　変なことを言わないでください』

(なら、どうしてそんなに動揺するんだよ……)

そう思いながら、陽は口を開く。

「ビデオ通話に切り替えてもいいか？」

『――っ！　葉桜君いじわるすぎます！　ここは察して別の話を振る場面ですよ！』

「そうじゃない」

『そうじゃないって――きゃっ！　勝手に切り替えてます！　なんの確認だったのですか!?』

真凛の返事を待たずして陽が切り替えると、真凛は途端に声を上げて怒った。

よく気が付いたな、と思う陽だが、真凛は陽なら勝手に切り替えかねないと身構えていたのだ。

「安心しろ、俺はお前を見ていない。だから画面を見てみろ」

『白々しいです！　そう言って私の泣き顔を拝むつもりですね！　葉桜君がいじわるな人だと、私はわかってるのです！』

（お前にとって俺はどういう立ち位置なんだ……）

陽は真凛の言葉に苦笑いを浮かべるが、少しだけ優しい声を意識して声をかける。

「大丈夫だ、俺はそんなクズじゃない」

『急に優しい声になったところが、凄く怖いのですが……』

「……電話、切るぞ？」

『わわ、ごめんなさい！　見ます！　見ますから！』

真凛の言葉にイラッときた陽が電話を切ろうとすると、慌てたように真凛は画面を覗き込んだ。

そして――。

「にゃ～」

画面の中にいたのが陽ではなく、かわいらしい猫だったことで真凛の目は丸くなる。

『ね、ねこちゃん……!?』

「にゃ～さんだ」

5G

『と、とてもユニークなネーミングセンスをされていますね……』

猫の名前を聞き、真凛はなんともいえない表情を浮かべてしまう。

しかし、目はしっかりと、画面越しのにゃ～さんを捉えていた。

「あぁ、付けた奴にそう伝えておくよ」

『葉桜君が名付け親ではないのですね。もしかして……』

真凛はそこで言葉をとぎれさせる。

聞いてもいいのかどうかを、悩んでいるようだった。

真凛が何を聞きたいのか理解している陽は、膝の上でスマホの画面を見つめているにゃ～さんの頭を撫でた。

「にゃ～さん、大福」

「にゃっ！」

陽が『大福』と言うと、にゃ～さんは声をあげて体を丸めた。

その見た目は、確かに大福のようにまん丸だ。

そして、そのにゃ～さんを見た真凛といえば――。

『す、凄いです凄いです！　にゃ～さん凄いです！』

まるで子供みたいに目を輝かせて喜んでいた。

声から真凛が喜んでいることを理解した陽は、更ににゃ～さんに指示を出す。

「にゃ～さん、招き猫」

「にゃっ！」

再度陽の言葉に反応したにゃ～さんは、即座に体を起こし、置物の招き猫を真似たようなポーズを取る。

そして、まるで人を招き入れるかのように、挙げた右手を回し始めた。

それにより、画面越しに大きな拍手が聞こえてくる。

『凄い凄い！　にゃ～さん賢いです！』

本当に子供のように大はしゃぎだ。

それからも、にゃ～さんは陽の指示に従って真凛を楽しませ続けた。

おかげで、十分後にはもう真凛はにゃ～さんにメロメロだった。

『う、上目遣いでのポーズまで……！　にゃ～さん、いったい何者なのですか……！』

「賢いだろ？　人に媚びを売ることを覚えているんだ。そしたらおやつがもらえるから」

『夢を壊さないでください！　いえ、それにしても賢すぎませんか!?』

「にゃ～」

真凛に褒められたにゃ～さんは、ご機嫌そうに鳴いて顔を手で擦る。

そして、甘えたそうな顔で真凛の顔を見つめた。

『きゃ～！　葉桜君、今からお家に行ってもよろしいでしょうか!?』

「駄目に決まってるだろ」

喜んでくれたのはいいが、こんな夜中に真凛のようなかわいい女の子が家に遊びにくれば、親に何を言われるかわかったものじゃない。

だから陽は断ったのだけど、よほどにゃ～さんと直接会いたいのか、真凛はシュンとしてしまった。

「また今度遊ばせてやるから、今は我慢してくれ」

『はい……』

真凛はそう答えながらも、声からは残念がっているのがわかる。

しかし本当に今からこられるのは困るし、夜道を真凛一人で歩かせるのも怖い。

だから陽は頷く(うなず)ことができなかった。

このままにゃ～さんがいると、真凛の頭はにゃ～さんのことでいっぱいになると思った陽は、もう目的を果たせたということもあってにゃ～さんを映すのをやめる。

すると、真凛はとても名残惜しそうな声を出したが、陽は気にせず普通の通話へと切り替えた。

「さて、まじめな話をしようか」

『葉桜君の切り替えの早さに驚きです』

「別に、俺ははしゃいでなかっただろ？　はしゃいでたのは秋実一人だ」

『………』

陽は真凛が元気になるようにゃ～さんに芸をさせていただけで、本人自体はそこまではしゃいでいなかった。

逆に、真凛は子供のように大興奮だったのだ。

その温度差はかなりあり——そして、自分が同級生の前で大はしゃぎしていたことを思い出した真凛は、途端に悶え始めた。

「女子って、猫を前にすると人が変わるよな」

昔身近にいた、とある女子の顔を思い浮かべながら、陽は苦笑交じりにそうついた。

『〰〰〰〰っ！　い、言わないでください……！　というか、追い打ちをかけないでください……！』

「知ってるか、スマホってビデオ通話を録画できるんだぞ？」

『と、撮っていたのですか⁉　鬼畜です！　やはり葉桜君は鬼畜です！　今すぐ消してください！』

自分の醜態を映像に残されたと思った真凛は、慌てたように大声を張る。

すると——陽は、クスクスと楽しそうに笑った。

『あっ……』

陽の笑い声を初めて聞いた真凛は、驚きから思わず怒りがどこかに飛んでしまう。

「どうした？」

『あっ、いえ……本当に消しておいてくださいね？』

真凛の態度を不思議に思った陽が尋ねると、彼女は若干戸惑いつつも優しい声でそう言ってきた。

陽はその声に再度違和感を覚えるが、特に触れることはしない。

遊び疲れたのか、膝の上で眠り始めたにゃ～さんの体を撫でながら、陽はゆっくりと口を開く。

「安心しろ、さすがに録画は冗談だ」

『からかったのですね……もう、本当にいじわるな人です』

てっきりもっと怒ると思ったのに、真凜はなぜか優しい声でそう言ってきた。

その声を聞いた陽は、彼女の仕方なさそうに笑っている顔を思い浮かべるが、どうして彼女がそんな声を出したのかわからず首を傾げる。

そして――。

「眠たくなったか？」

急に真凜が大人しくなったものだから、陽はそう聞いてしまった。

もちろん、その言葉を聞いた真凜からは少し呆れられてしまったのだが。

『葉桜君は、鋭いのか鈍感なのかよくわかりません』

変な勘違いをした陽に対し、真凜は遠慮なく思ったことを伝えた。

それにより、陽は苦笑いをしながら口を開く。

「俺は普通だよ。鋭いわけでもなければ、鈍感というわけでもない」

『…………』

「おい、なんで無言なんだ？」

『別に』

どこかトゲトゲしさを感じるような、疑わしげな声。

どうしてこんな声を向けられるのか、陽は理解できなかった。

『それよりも、にゃ～さんは今何をしているのですか？』

真凛はよほどにゃ～さんのことを気に入っているのか、それとも陽の追及を免れようと話を逸らしたのかはわからないが、真凛の言葉で陽は視線を膝の上に向ける。

すると、にゃ～さんは丸まってスヤスヤと眠っているままだった。

「寝てる」

『そうですか、残念です……』

「まぁわざわざ起こしたくはないな」

気持ち良さそうに寝ているのに、起こすのは可哀想だと陽は思った。

それは真凛も同じなのだろう。

起こしてくれとは言わなかった。

「さて、さっさと週末の予定を話して、通話を終わらせるか？」

にゃ～さんに芸をしてもらったことで時間は結構経っており、真凛の様子も明るくなっているので、早めに通話を終わらせたほうがいいと陽は判断した。

しかし――。

『も、もう少し、雑談をしていたいです……』

真凛は、まだ話をしていたいようだ。

「眠たくならないのか？」

『わ、私は子供ではないので、まだ大丈夫です……！』

やはり真凛は子供扱いを気にしているようで、必死な様子で否定をしてきた。

『あっ……もしかして、葉桜君は眠たいのでしょうか？』

そして、陽のほうが眠たいのではないか、と気にしたようだ。

「俺はいつも、もっと遅い時間まで起きてるからな、大丈夫だ」

『いつも、何時に寝ておられるのですか？』

「特に決めていないけど、日が変わってから寝ているな」

陽は普段にゃ～さんの世話や、動画編集に時間を使っている。

動画編集がない時でも、編集の勉強や次の撮影場所などの情報を仕入れているため、寝るのは遅い時間となっていた。

そんな陽に対し、真凛は驚きの声を上げる。

『お、遅くありませんか……!?　眠たくならないのですか……!?』

「秋実はいったい何時に寝ているんだ？」

『それは……な、内緒です……！』

真凛の誤魔化した返答により、おそらく子供と思われるような早い時間に寝ているな、と陽は想像した。

しかし、当然そんなことを言えば真凛が怒るので、そこに触れることはしない。

「まぁ早く寝ないと美容に悪いもんな」

『べ、別に、そんなに早くは寝ていませんよ？』

陽の言葉に対して、真凛はとぼけるような声を出しながら、早く寝ていないと言い張った。

折角フォローしたのに、なんで意地を張るんだ……と、陽は思ってしまう。

素直な見た目の割に、意外と真凛は意地っ張りのようだ。

「眠たくなったらいつでも言うといい」

『むぅ……やっぱり、子供扱いしています……』

「してない。誰だって、眠たくなることはあるだろ？」

『そうですが……』

どうやら真凛は納得がいっていないようだ。

当然陽も、言葉にしているのは真意ではない。

真凛が普段早寝だというのに気が付き、向こうが眠たくなれば寝られる状況を作ろうとしているのだ。

本当なら当初の予定通り、週末の予定について話して切るのがいいのだが、真凛がもう少し話したいと言った以上、陽はその手段を取れない。

だから、テキトーに話題を探す。

「秋実って結構動画を見るのか？」

『はい、見ますよ？』

「どういうのを見るんだ？」

『癒し系、でしょうか。猫ちゃんや兎ちゃんの動画をよく見ます』

猫と兎にデレデレとなっている真凛。

陽は、その姿が簡単に想像できた。

「可愛いものが好きなんだな」

『嫌いな人はいないと思いますよ。葉桜君も、お好きでしょ？』

「まぁ、そうだな。じゃあ、動物系の動画ばかり見ている感じなのか」

にゃ～さんを飼っているように、陽も猫などの小動物が好きだ。

だから特に否定することはなく、真凛の言うことを肯定しつつ話を進めた。

『後は、この前教えて頂いた景色の動画チャンネルも、ずっと見ています』

真凛にそう言われ、陽は少なからず動揺をする。

教えた時の反応で真凛が気に入ったのはわかっていたが、まさかずっと見ているとは思わなかったのだ。

「そんなに気に入っていたのか」

『はい！　風景も綺麗でとてもいいですし、何よりナレーションの声やＢＧＭが素晴らしくて、最新動画はチェックするようにしています……！』

真凛が熱心なファンになっていることは、話題になった時のテンションの上がりようから十分にわかった。

しかし、それにより陽は内心苦笑いを浮かべてしまう。

（全てを知ったら、秋実の奴取り乱しそうだな……）

真凛が特に気に入っているのは、風景よりもナレーションの声とBGMとのこと。

その声を入れているのと、BGMを作っているのが誰であるか知っている陽は、素直にこの状況を喜べなかった。

「あまり入れ込むなよ？」

だから、思わずそんな忠告をしてしまう。

だけど、真凛からすればどうしてこんなことを言われるのかがわからない。

『ん～？　大丈夫ですよ？　相手は女性ですし、ガチ恋勢になったりはしませんから』

「お前、ガチ恋勢という言葉を知っているのか……」

『あっ……』

普段温和でお嬢様のような口調で喋る真凛が、まさかそういった言葉を知っているとは思わなかった。

だから陽は驚いたのだけど、真凛は『しまった……！』とでも思っているような声を漏らしていた。

『わ、私だって、普通の女の子ですもん……。そ、それくらい、知っていますよ……』

どうやら真凜は恥ずかしがっているようで、声のトーンが若干上がっている。

そして、電話越しに布が擦れるような音も聞こえてきていた。

恥ずかしさでモジモジとしているのだろう。

「そうなんだな」

『は、はい。べ、別に普通のことですよね？』

「知っていてもおかしくはないいな」

『で、ですよね、よかったです』

今度は、電話越しに『ほっ……』と安堵した声が聞こえてきた。

陽にツッコまれなかったので、安堵しているようだ。

『は、葉桜君は、どういった動画を見ていらっしゃるのですか？』

「俺か？　秋実と同じようなものだな」

『そ、そうなのですね……！』

「なんだよ……？」

真凜の声のトーンがまた少し上がったので、陽は訝しげに尋ねた。

『あっ、いえ……私と葉桜君は、好みが同じなのかもしれませんね』

「これだけで同じと言われても、大多数が当てはまりそうな気がするが……」

『そ、そうですよね、すみません……』

「……まぁでも、好みが似ていることには違いないのかもしれないな」

真凛の声が沈んだことで、陽はそれとなくフォローを入れた。

『そ、そうですよね……！』

陽のフォローが嬉しかったのか、それとも陽と好みが似ていることが嬉しかったのかはわからないが、真凛は再度明るい声を出した。

そんな会話に陽はむず痒さを感じてしまう。

『今までこういった話を葉桜君としてきませんでしたが、してみるといいものですね？』

「そうか……？」

『嫌、でしたか……？』

陽が若干嫌そうに返すと、真凛は不安げに聞いてきた。

小動物のように弱々しい態度を取られるのが苦手な陽は、困ったように口を開く。

「嫌ではないが、慣れてないんだよ……」

『葉桜君、人付き合いが苦手ですもんね』

「馬鹿にしているか？」

『ご、ごめんなさい……！　そ、そんなつもりはなかったんです……！』

陽が尋ねると、スマホ越しに慌てたような声が聞こえてくる。

真凛の慌てる姿が容易に想像でき、陽は思わずクスッと笑ってしまった。

『あっ……ま、またからかったのですね……！　全く、葉桜君は本当にいじわるな御方(おかた)です……！』

「からかいはしたが、今回はそもそもそういうふうにツッコミを入れられる発言をした、秋実が悪いと思うぞ？」

『そ、それはそうなのですが……うぅ、全然納得がいきません……』

真凛はなんだか悔しそうだった。

こうして話してみると、やはり陽は今まで知っていた真凛とは別人のような印象を抱く。

それだけ、彼女が周りに本心を見せないようにしていたのだろう。

上品で優しい対応をする彼女は一部の生徒から天使と崇(あが)められているが、陽からすると今の真凛のほうが話しやすかった。

「まぁだけど、俺が人付き合いを苦手としているのは間違っていないな」

今の真凛は話しやすいからか、それとも本人が目の前にいないのが理由かはわからないが、陽は普段なら絶対に触れない部分に自分から触れた。

『あっ……昔から思っていたのですが、どうして周りの方にわざと冷たくされるのですか？　素でされているわけではないですよね？』

陽がいつもと違う。

真凛はそれを感じ取ったのか、話を掘り下げてきた。

「素でしているぞ？」

真凛の言葉に対し、陽は間髪入れず素っ気ない返事をした。

それに対し、真凛は若干拗ねたような声を出す。

『嘘ですね』

「何をもって嘘だと思うんだよ……」

『なんとなくですが……』

陽と数日間接していて、真凛の中で思うことがあったのだろう。

陽はポリポリと頬を掻き、膝の上で寝ているにゃ～さんを見ながら口を開く。

「秋実は何か勘違いしているようだけど、俺は善人じゃないからな。普通に暴言も吐けば、毒突くこともある。過度な信用はするなよ？」

『そういうこと、自分から言う人は普通いませんよね……？』

「まぁ普通じゃないからな。だから、普通の人間なら周りと仲良くするとしても、俺はできないんだよ」

陽は若干冗談めかしながらそう真凛に伝えた。

『………』

「どうした？」

『葉桜君は、寂しいとか思ったりしないのでしょうか……？』

真凛はおそらく、陽のことを心配しているのだろう。

それは、一年生の時から変わらなかった。

真凛は自分が仲介役になることで、陽とクラスメイトを繋げようとしていたのだ。

しかし、陽が真凛の手を取らなかった。

二年生になった今も、真凛はそのことを気にしているのだろう。

「疲れるんだよ」

『えっ……？』

「一緒にいて楽しいことだけじゃないだろ？　嫉妬による嫌がらせとか、気の遣い合いとかがめんどくさいんだ」

それは、滅多に見せない陽の本心だった。

真凛も陽の本心だと気が付いたようで、困ったように言葉を探す。

そして、あることに気が付き……恐る恐る、陽に尋ねた。

『あ、あの、私と一緒にいるの、やはり迷惑でしょうか……？』

真凛と一緒にいれば、陽は嫌でも注目をされてしまう。

その中で、陰口も多く叩かれているはずだ。

何より、陽がめんどくさいと言った、嫉妬をされてしまっている。

現状真凛は陽といることで男除けをし、他の生徒からの同情による慰めを受けないようにもしているのだが、それは言い換えれば、陽を真凛の都合で振り回していることになってしまう。

いくら陽が自分を利用すればいいと言ってはいても、陽にかなりの負担をかけるのであれば真凛の良心は痛む。

しかし、陽は――。

「迷惑だと思うなら、俺はとっくに秋実にそう言っている。言っていないということは、そう思っていないということだ」

真凛の心配を、否定した。

『でも、嫌な視線とか向けられているのでは……』

「そのことを秋実が気にしたり、自分のせいだと思うのは違うぞ？」

『えっ？』

「そういう視線を向けてきたり、嫌がらせをしてくる奴等は、あくまで秋実じゃない他人だろ？　それなのに、秋実が自分のせいだと思うのは違うし、俺も秋実のせいにするつもりはない」

『ですが、私が原因であることには変わりないので……』

「秋実は、自分が存在するだけで迷惑だと思っているのか？」

『ど、どうしてそういう話になるのですか……？』

「秋実が言っていることが、そういう話なんだよ。お前は今、俺の隣にいるだけで迷惑をかけている、と気にしているんじゃないのか？」

『あっ……』

陽が言いたいことがわかったようで、真凛は黙り込んでしまう。

そんな真凛に対し、陽は半ば無意識で優しい声を出した。

「全く気にしていないわけではないけど、心配しなくても秋実と一緒にいて嫌だとは思っていない。言っただろ、周りのことは突き放しているんだ。そんな周りから、どう思われようと知ったことじゃない」

『……………』

陽の言葉により、真凛はわかってしまった。

陽が他人を突き放す理由。

それはきっと、佳純という存在がずっと傍にいて、彼が周りではなく佳純を優先した際に辿り着いた、自衛策なんだと。

「さて、そろそろ週末の予定について話そう。このまま雑談していると、当初の予定を忘れて寝落ちしてしまいそうだ」

そう発した陽の言葉により、その後二人は週末の集合時間などを決めて、また少しだけ談笑するのだった。

――葉桜陽は、他人を寄せ付けない性格をしているためによく勘違いをされるが、実は面倒見がよくて傍にいる人間は甘やかしてしまう男だ。

そのことを知るのは、佳純のみなのだが、後に真凛も段々と知っていくことになる。

「――それじゃあ、切るな」

時間や待ち合わせ場所を決め終え、用件を済ませた陽は電話を切ろうとする。

しかし――。

『あっ……』

陽が通話を切るアイコンにタッチしようとすると、真凛が寂しそうに声を漏らした。

「どうした？」

『い、いえ、なんでもないです……』

なんでもないと言いながらも、声からは何かあるようにしか聞こえない。

だから陽は今の真凛の心情を想像し、口を開いた。

「遠慮しなくていいぞ？　言いたいことや聞きたいことがあるなら、俺はちゃんと聞くし、答えるからさ」

陽はてっきり、真凛は佳純とのことを聞きたいんだと思い、そう伝えた。

しかし、真凛の言ってきた言葉は陽の想像を遥かに上回る。

なんせ――。

『明日も、お電話してもよろしいでしょうか……？』

気がある異性相手にしか言わないような言葉を、真凛は陽に言ってきたのだから。

「…………」

陽は思わず黙り込み、どうして真凛がこんなことを言ってきたのかを考える。

そうすると、陽が黙り込んでしまったからか、真凛は続けて声を発した。

『だめ、ですか……？』

陽は真凛の顔が見えていないにもかかわらず、彼女が上目遣いで見上げてきている姿が思い浮かぶ。

そのため、額に手を当てて、天を仰ぎながら口を開いた。

「いや、構わない。それでお前の気が紛れるのなら、好きなだけ俺を利用すればいい」

『――っ』

陽がそう言うと、電話越しでも真凛が息を呑んだのがわかる。

(図星、だな……)

そう思った陽は、再度口を開いた。

「別に責めてるわけじゃない。お前が俺を利用することで苦しまなくて済むのなら、それで俺は構わないと思っている。だから前に言った通り、お前が助かるなら俺を好きに利用すればいい」

『………どうして、そんなに優しくしてくださるのですか……？』

陽の言葉を聞いた真凛は、若干声を震わせながらそう尋ねてきた。

それに対して陽は、呆れたような声を出す。

「優しくなんてしていない。ただ、必要なことをしているだけだ」

ぶっきらぼうにそう答える陽だが、正直本人としても普段以上に踏み込んでいる自覚はある。

ただそれも、今の真凛には必要なことだと思ったからだ。

元々陽が真凛の許に向かったのは、真凛のケアはもちろんのことなのだが、実は佳純がしたことの尻拭いでもあった。

普段いがみ合っているが、陽は佳純のことを本気で嫌っているわけではない。

彼女が早く自分のことを忘れ、他の人間のところに行けるように、わざと突き放していただけなのだ。

それで、佳純が新しい人間と結ばれたせいで真凛が傷ついてしまったので、陽は真凛にここまで寄り添うことにした。

少なくとも陽は、今回の問題が解決するまで真凛に尽くすつもりでいる。

『ありがとう、ございます……。助かります……』

「あぁ、秋実の好きなようにすればいい。もちろん、無理な時は断らせてもらうこともあるが」

全てが思い通りに運ぶほど現実は甘くない。

陽だってしないといけないことはあるため、さすがに全ての時間を真凛に割くわけにはいかなかった。

もちろん、それはこの問題を解決するために動く必要がある、というのもある。

その後は真凛から電話を切ると言い出したため、二人のやりとりはそこで終わるのだった。

「――にゃ～さん、お疲れ様」

通話を終えた陽は、場の空気を和ませてくれたにゃ～さんの体を撫でて労をねぎらう。

真凛が猫好きのようだからにゃ～さんに芸をさせてみたが、結果は大成功だった。

やはり、にゃ～さんは最強だと陽は心の中で思う。

「さて、俺も寝るかな」

にゃ～さんを猫用のベッドに寝かせた陽は、夜が更けてきたので眠ろうとする。

そのためパソコンを切ろうとしたのだが、一通のメールが届いていることに気が付いた。

そして、送り主の名前を見て息を呑む。

（今俺が送ってる動画はない……となると、厄介な内容だろうな……）

陽はそんなことを考えながら、メールを開くのだった。

「──お待たせしました」

土曜日──十六時頃陽が待ち合わせ場所で待っていると、最近よく聞いているかわいらしい声が聞こえてきた。

その声に反応し、陽がスマホから顔を上げると──肩の部分がフリフリとなった水色のシフォンワンピースを着た真凜が、笑顔で陽の顔を見上げていた。

頭には白色のつば広レディースハットを被っており、真凜の綺麗な金髪によく似合っている。

まさに清楚系美少女のような真凜を前にした陽は、思わずスマホへと視線を落とした。

「十分前か、さすが優等生だな」

「それは嫌味、なのでしょうか？　まさか私よりも葉桜君のほうが先に来ていらっしゃるとは思いませんでした」

陽は待ち合わせ時間の三十分前に着いていたのだが、もちろん真凜はそれを知らない。

ただ、自分よりも早く来ていたことに対して純粋に驚いていた。

「まぁ、癖みたいなものだ」

「癖……？」

「気にするな。それよりも、あまりのんびりとはしていられないから、移動するぞ」

首を傾げる真凜に対し、陽は言葉を短く切ってタクシーを呼ぶ。

あまり悠長にしていられないのは、これから見に行く景色に時間制限があるからだ。

陽はまず先に、真凜をタクシーに乗せる。

真凜は自分を先に乗せてくれたことで、やはり陽は気遣いができる男だと思うが、陽が真凜を先に乗せた理由は別にあった。

彼女が乗り込んでいる最中、陽はチラッと後方を見る。

そして、何事もなかったかのように、真凜に続いてタクシーへと乗った。

「それにしても、朝からの待ち合わせではなかったことが意外でした」

タクシーで目的地へと移動する中、真凜はそう言って隣に座る陽の顔を見上げる。

てっきり真凜は朝から陽と出かけることになると思っていたのに、この前の電話で陽が指定した時間は十六時だった。

それが本人には少しだけ腑に落ちていない。

「今回は遠出じゃないし、朝から俺といるのは負担だろ？」

「あっ……いえ、むしろ……」

陽の言葉を聞いた真凜は、気を遣ってもらえたんだと理解して咄嗟にそう口走る。

しかし、自分が無意識に言おうとした言葉に気が付き、慌てて口を閉ざした。

陽はそれに対してツッコミを入れることはせず、窓から見える景色へと視線を逃す。

そんな陽を、真凛は若干顔を赤らめながらジッと見つめた。

（むしろ、一緒にいることが心地いいです……なんて、言えるわけがないですよね……）

今の自分は陽のことを利用しているだけだ。

それなのに、誤解を生みそうな言葉を言えるはずがない。

何より、陽もそんな言葉を望んでいるわけではない、と真凛にはわかっていた。

（それにしても、本当にお優しいですよね……。素っ気なく見えて、実は気遣いを凄くしてくれてます……）

ここ数日、陽と一緒にいるようになって、真凛の中での陽の評価はガラッと変わっていた。

言葉遣いは悪いけれど、真凛の様子をよく気にかけている。

少しでも、真凛が暗い雰囲気を出しそうになれば別の話題を振るし、真凛が他の男子に話しかけられて困っていれば、それとなく会話に割り込んで追い払ってくれていた。

それが、真凛にとっては凄く有難かったのだ。

ただ――陽はツンデレ、という真凛の考えは更に深まっているのだが。

「どうした？」

ジッと見つめていると、見られていることに気が付いた陽が真凛に声をかけてきた。

考えごとをしていた真凛は慌てて首を左右に振り、何か誤魔化す話題はないかと陽の周りに視線を巡らせる。

そして、陽が肩からかけている少し大きな鞄が真凛の視界に入った。

「えっと、その鞄には何が入っておられるのでしょうか？」

「あぁ、これは……いや、なんでもない」

一瞬答えようとした陽だが、少しだけ思い留まって首を左右に振った。

それにより、完全に真凛の興味はそちらに移る。

男が訳ありな様子で誤魔化した——そのことについて、真凛は一つの答えを導き出した。

「もしかして……いかがわしいものですか!?」

真凛がそう言った直後、陽ではなく運転手が動揺してしまい、ハンドル操作が乱れて車が大きく左右に揺れる。

それにより、小柄な真凛の体はシートベルトをしていたにもかかわらず振られ、咄嗟に受け止めようとした陽の胸に飛び込む形になってしまった。

「あっ……」

思わずくっつく形になった真凛は、陽の胸に両手を添えた状態で、恥ずかしそうに上目遣いで陽の顔を見つめる。

それに対して陽は、真凛の体に回してしまっていた手をどかし、顔を背けながら再度視線を外に向けた。

そして、呆れたようにゆっくりと口を開く。

「お前、意外とむっつりだよな」

そう言われた真凛は、とてつもない恥ずかしさに襲われてしまい、反論をすることができない。

それどころか、顔を真っ赤にし、イヤイヤと首を左右に振りながら悶(もだ)えている始末だ。

そのせいで真凛は気が付いていないが……現在陽の頬は若干赤く染まり、こんなことを考えていたのだった。

(胸の感触、全然違うんだな……)

◆

「…………」

「まだ気にしているのか?」

目的地に着いてもなお、顔を赤くしてモジモジとしている真凛に対し、陽は気まずい空気を感じながら声をかける。

すると、真凛は潤んだ瞳で、陽の顔を上目遣いに見上げてきた。

「あんなこと言われて……平然としていられませんよ……」

真凛がそう言うと、丁度すれ違った女性二人がギョッとした表情をし、チラチラと陽のことを見ながらヒソヒソ話を始める。

絶対に変な勘違いをされているのだが、真凛に悪気があるようには見えないため、陽は文句を言うことができなかった。

そして、仕方がないと諦めて別の話題を振ることにする。

「ここがどこかわかるか？」

「牛窓町、ですよね？　運転手さんに言われているのをちゃんと聞いていましたよ」

今回陽たちが訪れたのは、二人が住む岡山県の南東で、瀬戸内海に面する町だった。

陽が住む地域からはまぁまぁ遠く、真凛のところからはかなり遠い位置にある。

だからか、真凛は少し残念そうな声を出した。

「どうせなら、朝から来たかったですね……」

その言葉を聞き、陽は気まずそうに頬をかいた。

（こいつ、頭がいい割に結構天然なんだよな……。今まで、何人かの男を勘違いさせていそうだ）

真凛の先程の発言は、聞く者によっては朝から一緒に遊びたかった、と捉えられかねない発言だった。

特に思春期の男子は、気になる女子の言葉を自分に都合よく捉えがちである。

何気なく発した真凛の言葉でドギマギとしている男子の姿が、陽には容易に想像することができた。

「来てみたかったのか？」

当然、真凛が先程の言葉をどういう意味で発したか理解していた陽は、彼女の気持ちを想像して答え合わせをしようとする。

そして、真凛は恥ずかしそうにコクリと小さく頷いた。

「牛窓は日本のエーゲ海とも言われ、黒島ヴィーナスロードやオリーブ園などの観光スポットが目白押しですからね……。一度、来てみたかったのですよ……」

その言葉を聞いた陽は、ここに真凛を連れてきたことは失敗だったと思った。

なぜなら、先程真凛が言ったスポットは、恋愛に関係する場所だったからだ。

黒島ヴィーナスロードは干潮時に砂の道が現れ、三つの島を繋ぐ砂道を歩くことができる。

その中で中ノ小島にある、『女神の心』と呼ばれるハートの石に二人で触れると、恋愛が成就すると言われており、恋のパワースポットとしても人気を博している。

そして、牛窓にあるオリーブ園は恋人の聖地と呼ばれるほどだった。

他にも牛窓には恋愛祈願ができる神社などあり、真凛が来てみたかったという理由が陽にはわかってしまう。

彼女に綺麗な景色を見せたくてここに連れてきたのだが、恋愛に疎い陽はその辺の配慮がかけていた。

そのことを申し訳ないと思うが、このまま黙っているわけにもいかないので口を開く。

「いつか、ちゃんとこれることがあるさ」

今の陽に言えることはそれくらいしかなかった。

そんな陽を見上げて、真凛はクスリと小さく笑う。

「なんだか、気を遣わせてしまってばかりですね。気にしないでください、葉桜(はざくら)君のおかげで大分気持ちは楽ですから」

「そうか」

その言葉は強がりなのか、本音なのか。

残念なことに真凛の表情からはわからなかった。

だから陽は、素っ気なく返しながらも真凛の表情を注視する。

すると、真凛は手を口に当てて、再度クスリとかわいらしく笑った。

「本当に、葉桜君はお優しいですね」

「次その言葉を言ったら強制的に帰らせる」

「そして、やはりツンデレですね」

優しいと言われて陽が睨(にら)むと、真凛は意に介さずかわいらしくて優しい笑顔を返してきた。

言葉からは挑発しているように感じられるが、本人は全く違う意味を込めてその言葉を言っているのがわかる。

そのせいで、陽はなんと言っていいかわからなくなってしまった。

(本当に、こいつが相手だとやりづらい……)

陽はそう心の中で愚痴を漏らし、真凛から顔を背けてしまった。

すると、逆に真凛は少しだけ楽しそうに、陽の顔を覗き込んでくる。

「そういえば、凄くおいしいジェラートがあるのですよね？　まだお目当ての景色には少しだけ時間がありそうですし、ジェラートを食べに行きませんか？」

ニコニコと子供のようにかわいらしい笑みを浮かべて、真凛はそう誘ってきた。

まだ春から夏への変わり目の時期とはいえ、暑さを感じないわけではない。

だから真凛の言葉には正直陽も賛成だったのだけど、生憎時間が悪かった。

「残念ながら、十七時に閉まっている」

「えぇ!?　そ、そうなのですか……」

結構軽い感じで誘ってきた真凛だが、食べられないとわかるや否や、かなり残念そうに落ち込んでしまった。

どうやら取り繕っていただけで、実際は凄く食べてみたかったようだ。

「…………」

シュンと落ち込んだ真凛を前にし、陽は考え始める。

そして、先程の真凛の言葉も思い出し、こちらから提案をしてみることにした。

「明日――もう一度、朝からここに来るか？」

陽のその言葉を聞いた真凛は、目を丸くして陽の顔を見つめる。

まさか、陽からこんなふうに誘ってくるとは思わなかったのだ。

ましてや、真凛が行きたい場所がどういうところかを陽は理解している。

その上で誘ってこられたのだから、真凛が驚くのも仕方がなかった。

ただし、やはり真凛からは、陽が自分に気があるようには見えない。

だから、これは自分のために誘ってくれているんだ、と真凛は判断した。

「葉桜君の、ご迷惑でなければ……」

そして、真凛は遠回しに肯定の返事をする。

その答えが来たことで、今度は逆に陽が驚いてしまった。

真凛が来たがっている以上、頷く可能性があるとは思っていたけれど、恋愛スポットに行きたいようだから断られる可能性のほうが高いと思っていたのだ。

しかし、肯定の返事があった以上、誘った人間がなかったことにすることはできない。

そのため、陽と真凛は明日もここに来ることが決定するのだった。

――なお、その直後、なぜか陽は言いようのない寒気に襲われてしまったようだ。

◆

「――ふふ、甘くてとてもおいしいです」

ジェラートの代わりに買ってあげたソフトクリームを、真凛は陽の隣で嬉しそうに舐めていた。

チロチロと舐める姿がまるで猫みたいだな、と陽は思いつつ自分もソフトクリームを舐める。

現在二人は海を照らす綺麗な夕陽を眺めながら、ソフトクリームを食べているのだ。

今回陽が真凜に見せたかった景色はこれで、真凜は綺麗な景色が見られていることで、とてもご機嫌になっていた。

「おいしいですか？」

陽が夕陽と海を眺めながらソフトクリームを舐めていると、真凜はニコニコとかわいらしい笑みを浮かべてそう尋ねてきた。

「なんだ、マスカットのほうがよかったか？」

真凜としてはたわいのない会話のつもりで聞いたのだが、陽は真凜が欲しがっているのかと思い、食べていたソフトクリームを差し出す。

すると、予想外の対応に、真凜は恥ずかしそうに上目遣いで陽の顔を見つめた。

「食べて、いいのですか……？」

「んっ」

「では……」

真凜は少しだけ悩んだ後、チロッと陽のソフトクリームを舐めた。

そして口に含むが、正直今の真凜は恥ずかしさで味なんてわからない。

（普通に間接キス、してしまいました……）

なんだかいけないことをしてしまったのではないかと思った真凛は、カァーッと全身が熱くなる。

そして陽の顔を見上げるのだが、なぜか陽は全く意に介している様子はなかった。

それに対し、真凛の中で何かが燃える。

全く異性として見られていない――つまり、子供扱いされていると判断した真凛は、反撃に出ることにした。

「こちらの白桃のソフトクリームも、おいしいですよ？　いかがですか？」

真凛はそう言いながら腕を伸ばし、陽の口元に自分のソフトクリームを近付ける。

しかし、陽は首を横に振ってそれを拒んだ。

「いや、今はこれで十分だからいい」

「むぅ……」

反撃が失敗した真凛は、思わず頬を膨らませて拗ねてしまう。

陽としてはどうして真凛が急に拗ね始めたのかがわからず、首を傾げて口を開いた。

「なんで拗ねるんだ？」

「別に……葉桜君は、いじわるな人ですからね」

「悪い、本当に意味がわからないんだが？」

そう陽に尋ねられる真凛だったが、真凛はどうして拗ねているかは答えず――というよりも、なぜ自分がこんな負の感情を抱いてしまったのか、本人もわかっていなかった。

だから説明をすることはできず、誤魔化すためにまたチロチロとソフトクリームを舐め始めた。

「おいしいです」

「そっか」

ソフトクリームの感想を真凛が言ったことで、こちらの質問に答えるつもりがないと判断した陽は、自分もまたソフトクリームを舐め始める。

そして舐めていると、なぜか頬を赤くした真凛が、ジッとこちらを見つめていることに気が付いた。

（まぁ、頬が赤いのはこの夕陽のせいだけどな）

そんなことを考えながら、陽は口を開く。

「もっとほしいのか？」

「むぅ……」

「だからなぜ拗ねるんだ……」

てっきりマスカット味をもっと食べたいのかと思って聞いたのに、また真凛が不服そうに頬を膨らませてしまったので、陽は内心困ってしまった。

そしてどう対応したらいいのかわからず、再度ソフトクリームを舐める。

「………」

そうしていると、隣にいる真凛は明らかに不機嫌になってしまっていたのだが、そのせいで陽は、自分の対応のどこがまずかったのかを考える羽目になった。

もう既に真凛を甘やかす対象として見ている陽は、前と違ってそこまで気にしていないのだが――付き合ってもいない男女の間接キスは、思春期の男女にとって大きな意味を持つものだ。

そして、そのやりとりをしていたことで、再度陽はとてつもない寒気に襲われた。

「――さて、秋実は少しここで夕陽と海を眺めていてくれ」

ソフトクリームを食べ終えると、陽は鞄を持ち上げて真凛にそう告げる。

しかし――。

「えっ……？」

ずっと陽が傍にいるものだと思っていた真凛は、急に離れられそうになって不安げに陽の顔を見上げた。

まるで捨てられたくない仔犬のような表情に、陽は思わず息を呑む。

「どこに、行くのですか……？」

「野暮用だよ。少ししたら戻る」

「付いて行ってはだめなのでしょうか……？」

「そうだな、少し困る」

「………」

お願いを断られたことで、真凛は悲しそうに陽の顔を見つめる。

そのせいで陽は罪悪感に苛まれるのだが、この後の用事には真凛がいるとかなり不都合なのだ。

というよりも、彼女の気分を害しかねない。

それでは彼女のリフレッシュを目的としてここに来た意味がなくなるため、どうしても彼女を連れて行くわけにはいかなかった。

「何かあればこれを鳴らせ。そうすればすぐに戻ってくるから」

真凛のことが心配になった陽は、いつか山に行く時にでも渡そうと思っていたある物を真凛に渡す。

真凛はいったい何をもらえたのだろうかと思い、そのプレゼントを見るが――それが何かを理解すると、数段機嫌が悪くなった。

「へぇ……？」

そして、ニコッと笑みを浮かべて陽の顔を見つめる。

いったい何がまずかったのか、それがわからない陽は言いようのないプレッシャーに少しだけ冷や汗をかいた。

「ど、どうした？」

「いえ、まさかこんなものを頂くとは思いませんでした。ええ、どこまでもあなたは、私を子供扱いしたいようですね？」

そう言う真凛は、先程陽からもらったプレゼント――防犯ブザーを掲げて、ニコニコ笑顔のまま首を傾げた。

どうやら防犯ブザーを渡されたことで、また子供扱いされていると思い込んでしまったらしい。

それに対し、ようやく真凛が何に怒っているかを理解した陽は、呆れたように溜息を吐いた。

「あのな、お前が子供扱いされるのが嫌いなのはわかるけど、ちゃんと対策は打っておく必要があるだろ？　それに、今だと防犯ブザーは、大人の女性だって持ち歩くことがあるんだぞ？」

「えっ、そうなのですか？」

「あぁ、そうだよ。むしろ昨今だと、大人の女性のほうが使うんじゃないか？」

「へぇ、そうなのですね……。大人の女性が……ふふ、ありがとうございます」

大人の女性のほうが使うという言葉を聞くと、真凛の機嫌は途端によくなる。

そして、大事そうに胸の前でギュッと握りしめた。

もちろん、実際に大人の女性がよく使うのか、ということや、そもそも持ち歩いているのか、ということを陽は知らない。

ただ、普通に考えるとありえるだろうな、と思い咄嗟にそう伝えたのだ。

それで狙い通り真凛がご機嫌になった以上、もう何かを言う必要はない。

だから陽は、真凛の地雷を再び踏む前にこの場を離れるのだった。

（あいつ、ちょろいのか気難しいのか、よくわからないな……）

——と、そんなことを考えながら。

◆

真凛から見えないところに移動した陽は、鞄の中に入れておいたビデオカメラを取りだした。

そして、次にサイトに投稿する動画を撮り始める。

夕陽によってオレンジに染まる空や海はとても綺麗で、逆に夕陽の光が届かずに影が差している部分は儚く寂しい。

だけど、相反する二つが共存することによって、言いようのない美しさと尊さを醸し出していた。

陽は景色の中でも、夕陽と海の組み合わせが特に好きだ。

だからこそ、今回初めて真凛を連れてきたのも、夕陽が見える時間帯の海になる。

そうして動画を撮っていると、陽は自分に近寄ってくる足音に気が付いた。

念のため視線を向けてみると、そこに立っていたのは、綺麗な金髪をした小柄な美少女——ではなく、綺麗な黒髪をした、モデルのようにスラッとした体形の美少女だった。

「…………」

陽は少しだけ目でその美少女と会話をし、黙って視線をビデオカメラの画面に戻す。

そのまま十分ほど撮影をした後、陽は撮影を止めて口を開いた。

「ちゃんと、約束は守ってくれたんだな——佳純」

そして、自分に近寄ってきた黒髪美少女——根本佳純へと、声をかけた。

どうして彼女がここにいるのか——それは、数日前に届いた一通のメールに理由があった。

陽が真凛との電話の後に届いたメールには、簡潔にまとめるとこう書かれていたのだ。

『次の撮影、私も行きたい』と。

そのメールを受け取った陽は複数の可能性を考え、そして佳純と交渉をした。

それにより、やっとのことで、彼女を話し合いの場に引きずり出せたのだ。

「わざと見せつけてくるなんて、本当にあなたは最低よ、陽」

佳純は名前で呼ばれたことで自分も名前で呼び返し、そしてとても冷たい目を陽に向けてくる。

その様子から怒っていることがありありと伝わってきて、陽は溜息を吐きながら口を開いた。

「別に、見せつけていたつもりはないいし、そんな大したことはしてないだろ？　だから、一々殺気を向けてくるなよ」

陽は、ちょくちょく自分を襲う寒気の原因が何かを理解していた。

そのことについて文句を言ったのだが、更に佳純の機嫌は悪くなる。

「か、間接キスまでしといて何を……！　しかも、ソフトクリームで……！　私、まだしてもらってないのに……！」

「お前、本当に思考ヤバいよな」

普通に爆弾発言をする佳純に対し、呆れたように陽は言い放った。

だけど、内心ホッとする。

今、自分が話したかった佳純は、ちゃんと目の前にいるのだと。

しかし、陽の気持ちを知らない佳純は更に怒り始めた！

「私をこんなふうにしたのはあなたでしょ！」

「とんでもない言いがかりだ」

変な誤解を生みかねない佳純の言葉に、間髪入れず陽はツッコミを入れた。

どうして俺の周りの女は、こうも誤解を生みかねない発言をするのか――とりあえず、今周りに人がいなくてよかったと陽は思う。

「……まぁ、お前には悪いことをしたと思っているよ」

「――っ」

急に陽が優しい声を出すと、佳純は息を呑んで陽の顔を見つめた。

だから、陽は佳純の目を見つめ返しながら、言葉を続ける。

「中三の冬、俺はお前に耐えられなくなって突き放した。お前を甘やかし続けて依存させてしまっていたのは俺なのに、それを勝手にストレスに感じて、酷い突き放し方をしてしまったんだ。そのことを今でも悪いと思っている」

陽は、幼い頃から自分に依存し続ける佳純のことが、ある日を境に耐えられなくなっていた。

最初はかわいい妹みたいな感じで陽は甘やかしていたのだが、歳を重ねるごとに佳純の陽に対する依存度は跳ね上がっていき、中三の時にはもう陽の許容範囲を超えていたのだ。

そんな時に佳純からのあるアクションがあったことにより、ついに陽は彼女を突き放してしまった。

それは本能的な危機回避だったのかもしれない。

だけど、それにより依存先を失った佳純の心は一時的に壊れてしまい、そして今もなお、あの頃とは違って彼女の性格は歪んでしまっていた。

そのキッカケになったアクションというのが――佳純からの、陽に対する告白だったのだ。

「今更……そんな話を……持ち出して……何……？　あなたが……悔いたところで……私にしたことは……なくならない……」

佳純は振られた時のことを思い出し、胸が締め付けられる感覚に襲われながら言葉を絞り出す。

告白をして振られて以来、佳純は一時期塞ぎ込んでしまっていた。

そんな彼女がどうやって立ち上がったのかというと、それは自分を捨てた男に対する怒りを憎しみに変えることで立ち上がれたのだ。

そして、佳純は誓った。

絶対に陽に復讐してやる、と。

まぁそれが紆余曲折あって、結局また元の感情に戻りかけてはいるのだが――だからこそ、佳純の心は不安定になってしまっている。

その結果が、現状を招いていた。

「わかってる。だからこそ、こうして話をしたかった」

陽は塞ぎ込んだ佳純を前にして、自分の対応が間違っていたことにすぐに気が付いていた。

だからこそ償いをしようとしていたのだが、佳純は陽から逃げるようになってしまっていたのだ。

振ったばかりの最初の頃なんて、会うことさえ叶わなかった。

高校で同じクラスになった時は、さすがの陽も冷や汗をかいたものだが、思えば保育園の頃から佳純と別のクラスになったことはないので、これも運命だろうと思っていた。

そして、さすがに同じクラスなら話せると思ったのだが――佳純は陽の悪評を流し始め、陽が近寄ろうとすれば、あからさまに嫌がって近寄れなくしたのだ。

それにより陽が近寄ろうとすれば、クラスメイトが非難の目を向けてくるようになり、あからさまに邪魔をする生徒も出てきた。

そのせいでクラスで話をすることができず、外で会った時に話をしようとしても、佳純はすぐに話題を逸らして逃げてしまう。

つまり、今まで陽が過去について話をしようとしても、佳純が逃げ続けてしまうのでどうにもならなかったのだ。

だけど、やっと陽は彼女を話し合いの場に引きずりだすことができた。

当然陽も佳純から出された条件を呑んでいるのだが、現状をどうにかするためにはそれも安いものだった。

一旦陽は間を置き、深呼吸をする。

そして、佳純の目を再度見つめ直し、ゆっくりと口を開いた。

「俺はもうお前を突き放すことはしないし、約束もちゃんと果たす。だから、頼む。もう秋実や木下を振り回すのはやめてくれ。何も悪くないあいつらを俺たちのゴタゴタに巻き込むなんて、そんなの誰が聞いてもおかしいだろ」

陽はここで佳純が彼らから手を退けば、問題は全て解決をすると思っていた。

一時的に晴喜を傷つけることにはなるけれど、このまま気持ちもない佳純が相手をするよりは断然いい。

少なくとも、彼を幸せに出来るのは佳純よりも真凛だ。

既に幼馴染みで仲良しだったという二人の関係は壊れてしまっているけれど、それも傷ついた晴喜に真凜が寄り添うことで修正されると陽は考えていた。

だから、なんとしてでもここで佳純に手を退かせなければならない。

そう思ったからこその頼みだったのだが——佳純は、陽の予想と期待を裏切る言葉を発した。

「あなたが私の条件を呑んだ以上、私が手を退くのはかまわないわ。だけど——あなたは、一つ勘違いをしている。ここで私が退いたところで、秋実さんはより傷つくだけよ。それも今度こそ——そうね、過去の私と同じくらいには傷つくと思うわ」

「どういうことだよ……？」

佳純から予想外の言葉を聞いた陽は、眉を顰めながら彼女に尋ねる。

しかし、佳純は首を左右に振って、それ以上のことを言うのは避けた。

「私が言っても信じないでしょ。知りたいなら彼から直接聞いて」

「ちょっと待て。さすがにそんなんで、はい、わかりました——なんて言えないぞ？　この一件、お前が主体で動いていると思っていたが違うのか？」

陽にそう尋ねられ、佳純は溜息を吐いてしまう。

「なんとも答えづらい質問ね。ただ、そうね……あなたが私と一緒にいて、今までどう思っていたのか——そして、どうして昔のあなたが私以外を突き放すようになったかを思い出せば、答えは見えるんじゃない？」

佳純のその言葉を聞き、陽は動揺したように目を見開いた。

その瞳は大きく揺れており、陽が全てを理解したのだと佳純は察する。

（相変わらず、自分のこと以外だと、嫌になるくらいに察しがいいのよね……）

自分の気持ちを伝えるまで想いに気が付いてくれなかったくせに、他人のことであればすぐにでも気が付く幼馴染みを前にして、佳純は心の中でそう毒づいた。

「――それは、間違いないのか……？」

頭の中で整理した陽は、念のため佳純に尋ねる。

「本人に聞いたから間違いないわ。むしろ、一年前に彼から私に話を持ってきたんだし」

佳純からその言葉を聞き、陽は自分が大きな勘違いをしていたことに気が付く。

そして、頭を抱えたくなった。

「なんでこう、ややこしいことをする奴等ばかりなんだ……」

「あなたが言えるのかしら」

「…………」

佳純にツッコミを入れられて、陽自身も自分が厄介事を持ち込んでいると思い、黙り込んでしまった。

だけど、すぐに佳純の顔に視線を向ける。

「言っとくが、あいつにどう唆されたにしろ、お前も秋実を傷つけたことに変わりないんだからな。自分がどれだけ最低なことをしたのか、自覚しろよ」

「わかってるわよ……」

陽に注意をされ、佳純は拗ねたように唇を尖らせてソッポを向いた。

昔、陽に叱られる度に拗ねた佳純がしていた表情だ。

憎しみに溢れた表情ではなく、昔のような表情を見せるようになったのは、彼女の要求を陽が呑んだおかげなのだろう。

佳純は先程言葉にした通り、陽が要求を呑んだ時点で満足しているようだった。

一つの問題が解決したところで本来なら喜びたいところだったが、生憎新たな問題が出てきてしまったので陽は溜息を吐きたい気分になる。

というよりも、下手をしなくても状況は更にややこしくなったようだ。

今、陽はどう解決に導くのがいいか、頭の中で複数パターンのシミュレーションを行っているが、どのやり方を選んでも真凛を傷つけてしまう未来しか見えなかった。

（本当、どうするんだよ……）

これから待ち受ける未来が見えていた陽は、どうやれば真凛を一番傷つけずに済むのかを考え続けるのだった。

◆

「――葉桜君、遅いです……」

真凛は夕陽と海を眺めながら、待ち人が全然こないことに関して寂しそうに声を漏らした。

てっきり十分くらいで戻ってくると思っていたのに、離れてから三十分以上経っても陽は戻ってきていない。

真凛は我慢強いほうなのに、なぜか今だけは寂しさが勝っていた。

まるで飼い主を待つ仔犬かのように、真凛はあたりをキョロキョロと見回しては、寂しそうに海へと視線を落とす。

(全然楽しくないです……)

そして、拗ねたように小さく頰を膨らませた。

「――待たせたな」

「――っ!?」

そうして海に視線を落としていると、待ち人の声が頭上から聞こえてきて、思わず真凛は勢いよく顔を上げる。

「おっと……」

そして顔を上げた先には、待ち人が真凛の顔を覗き込もうとしていたようで、顔が当たりそうになってしまった。

もっと言えば、唇が当たりそうになってしまったのだ。

「～～～～っ!」

そのことに気がついた真凛は、顔を真っ赤に染めて口元を両手で押さえた。

そして、パタパタと子供のように足を動かす。

「………」

さすがの陽も、同級生と唇が当たりそうになったとなれば平然とはしていられず、気恥ずかしい感情に襲われてソッと視線を夕陽に逃がした。

直後、背後からとてつもない寒気に襲われる。

（だからあいつは……）

この寒気を引き起こす原因が何かわかっている陽は、頭を抱えたい思いに駆られてしまう。

正直、彼女の要求を呑んだのは早計だったかもしれない、と陽は少し思っていた。

「は、葉桜君は、人を脅かせすぎです……！」

そしてこちらの小さなお姫様――いや、小さな天使は、不服そうに頬を膨らませて陽を見上げていた。

こっちはこっちで手がかかる、そう思いながら陽は口を開く。

「わざとじゃない」

「なんだか、私をからかって楽しんでいる節があります……」

「完全に言いがかりだな」

むしろ、真凛がそういうことをしてきているのではないか、と陽は思ったが、今の真凛が拗ねモードに入っているようなので、余計なことを言うのはやめた。

　その代わり——。

「それで、この景色は気に入ってもらえたのか？」

　真凛が喰いつきそうな、別の話題を振ることにした。

　しかし、真凛からは予想外の返しがくる。

「えぇ、まぁ……」

「ん？　気に入らなかったか……？」

　思っていたのとは違う反応に、陽は真凛に視線を向ける。

　すると、真凛は陽から視線を逸らしてしまった。

「いえ、景色は綺麗でした」

「いや、綺麗かどうかじゃなく、気に入らなかったのかって質問なんだが？」

　真凛が何かを誤魔化したと思い、陽はあえて訂正をしながら再度質問をした。

　すると、真凛は小さく頬を膨らませてしまう。

　そして、ゆっくりと口を開いた。

「……一人でポツンッといると、景色を楽しむ以前に寂しかったです……」

「なるほど、なぁ……」

　プイッとソッポを向いた真凛の拗ねた様子と言葉に、陽は若干動揺してしまった。

　みんなにはどんな時でも笑顔だけを見せるのに、陽には素の感情を見せる真凛。

　しかし、こんなギャップ萌えみたいなものを見せてくるとは思っておらず、不覚にも陽は胸が高鳴ってしまうのだった。

——そして、同時にとてつもない寒気にも襲われた。

「——ふふ、今日は朝からですね」

白くて綺麗なサマーセーターと、薄ピンク色のミニスカートを身につけた真凛が、陽を見つけるなり笑顔で話しかけてきた。

頭には可愛さを強調するように白い帽子を被っていて、童顔の真凛によく似合っている。

背中にはリュックサックを背負っていた。

「暑くないのか？」

「大丈夫です、昨日は少し肌寒かったくらいなので、ちょうどいいと思います」

昨日は夕方頃であり、海が近かったことで風も強かった。

そのせいで真凛は寒かったようだ。

「昼になったら暑くなるんじゃないか？」

「そうなったら、そうなったですね。こちらも、持ってきました」

そう言う真凛は、リュックサックをゴソゴソとあさり、小さな扇風機を取り出した。

それを自慢げに——ドヤ顔で、陽に見せつける。

対策は怠ってない、と言いたいようだ。

「そっか、ならよかった」

「………」

陽の言葉を聞いた真凜はジッと陽を見つめてくる。
なんで見つめられているかわからず、陽は首を傾げた。
すると、真凜は両腕を広げて、その場でクルッと回転をする。
一回転した後は、小首を傾げて陽の顔を見上げてきた。

「服、どうですか……？」

どうやら真凜は、服の感想がほしいらしい。

「高そうな服だな」

だから陽は服の感想を言ったのだけど、真凜は不服そうに頰を膨らませる。

「やっぱり、葉桜君はいじわるです……」

どうやら拗ねているようだ。

「……まぁ、かわいいと思う」

「――っ!?　そ、そうですか……」

真凜の様子を見て本当の感想を言うと、真凜は顔を真っ赤にして自身の体を腕で抱く。
豊満な胸をギュッと押し上げる仕草に、陽は慌てて顔を背けた。
真凜は天然なのか、男が困るようなことを時々してしまうので、陽にとって彼女はやはり厄介のようだ。
しかし、嬉しそうに笑う真凜を横目に、陽はなんとも言えない気持ちを抱く。

「それよりも、行こうか」

このまま話しているといたずらに時間が過ぎて行くだけなので、陽たちはタクシー乗り場に移動する。

そしてタクシーに乗ると、運転手は見知った顔だった。

「ども……」

「あっ、昨日はすみませんでした……」

陽と真凛は、昨日も牛窓に連れて行ってくれた運転手に頭を下げる。

すると、運転手は愛想笑いで頭を下げ、目的地を聞いてきた。

陽は昨日と同じことを伝えると、そのままタクシーは動き出した。

「楽しみですね」

陽が景色を眺めていると、真凛が陽の服をクイクイッと引っ張り、かわいらしい笑みを見せた。

それにより、陽は困ったように視線を窓に逃がす。

「あっ……！　なんで、顔を背けるのですか……！」

陽が再び窓の外を見始めたせいで、真凛は頬を膨らませて怒ってしまう。

そして、こっちを見ろ、と言わんばかりに陽の服をグイグイと引っ張った。

「服が伸びるだろ」

「では、こっちを向いてください」

「嫌だ」

「なんでですか!?」

頑なに自分を見ない陽に対し、真凛は不満を露わにする。

プクーッと頬を膨らませたまま、ジッと陽の顔を見つめていた。

「タクシー内だ、静かにしろ」

「……いじわる」

敬語ではなく、タメ口で発せられた言葉。

真凛の拗ね具合がよくわかる言葉だった。

だから、陽も真凛のほうを見る。

「悪かった。それで、食べたいものとかは決まっているのか？」

今日は、真凛のためにもう一度牛窓へと向かっている。

それなのに、肝心の本人を怒らせてしまったら意味がなかった。

陽が自分を見たことで、真凛の頬は萎んでいく。

「ジェラート、食べたいです」

それは、昨日真凛が楽しみにしていたものだ。

昨日は既に店が閉まっていたので食べられなかったが、今日は是が非でも食べる気だろう。

「秋実って甘いものが好きなのか？」

「もちろんです」

女の子は甘いものが好きな子が多い、というのは昔から言われていることだろう。

だから真凛は、自分もそうだと言いたいんだと陽にはわかった。

「凄いよな。俺だと、ケーキ一つ食べたら後は甘いものは食えないかな」

「あの、好きといっぱい食べられるのは、また違うのでは……？」

「じゃあ秋実は、ケーキバイキングとか行かないのか？」

「……よく、行きますが」

陽の質問に対し、真凛はバツが悪そうに目を逸らした。

子供みたいな若干拗ねた表情になっているので、陽はなんだか温かい気持ちを抱く。

そして同時に、よくそれで今の体形を維持できているな、と感心した。

真凛の体は、出るところが出て、引っ込むところは引っ込むというような、低身長ながら誰もが羨ましがるような体をしていた。

もちろん、佳純のようなスラッとした女の子と比べるとそこまで細くはないのだが、それでも細いことには変わりない。

やはり、栄養は全て胸に行っているのではないか、と陽は思った。

「まぁ、好きなものがあるのはいいことだろ。恥ずかしがることじゃない」

「べ、別に、恥ずかしがってはいませんけどね？」

「そっか、ならいい」

陽はそう言って、優しい笑顔を真凛に向けた。

その表情を見た真凛は思わず息を呑んでしまい、まるで優しいお兄さんを相手にしているかのように錯覚してしまう。

「どうかしたか？」

「い、いいえ、なんでもありませんよ……！」

陽が声をかけると、真凛は顔を赤くしながら慌てて顔を背けしまう。

そんな真凛の態度に疑問を覚えながらも、触れることはせず陽は再び窓の外へと視線を向けた。

やがて、タクシーは目的地に着き――。

「着きました……！」

真凛は、とても嬉しそうにタクシーから降りた。

「元気だな」

「はい……！　あっ――それよりも、お金は本当によろしいのですか……？　昨日も払って頂いたのに、今日も払って頂いて……」

陽たちがタクシーに乗ったところから牛窓町へは大分距離があり、必然的にタクシー代も高くついてしまう。

社会人にとっても決して安くはない金額を陽に負担させてしまっていることを、真凛は気にしているようだ。

「心配しなくても、大して負担にはならない」

「本当に、葉桜君がどこでそんなにお金を手に入れてるのかが、気になるのですが……」

陽の金遣いを見る限り、一般学生がもらえるお小遣いの範囲を明らかに超えている。

真凛はそのことが気になっていた。

しかし、当然陽は真凛に教えない。

「気にしなくても、正当な方法で得ているお金だ」

「まぁ、今更そこを疑ったりはしないのですが……」

「それよりも、最初はどこに行きたい？」

陽はスマートフォンを取り出し、真凛に行きたいところを尋ねる。

それにより、真凛は陽のスマートフォンを覗き込んだ。

真凛のヒンヤリとした腕が陽の腕へと当たるのだが、彼女はそのことを気にしてはいならしい。

「まずは、オリーブ園に行ってみますか？　ジェラートのお店さんはお昼からのようですし、黒島に行くフェリーの今日の出航時間は十四時なのですよね？」

「そうだな」

黒島ヴィーナスロードは干潮時に現れる砂の道なので、テキトーな時間に行っていいものではない。

船が出航する時間も日によって違い、真凛たちが訪れた日は、十四時が予定の時間になっていた。

「予約できてよかったですよね」

「ほんと、そうだな」

真凛ともう一度来ることになった前日、二人は海に向かう前にフェリーの予約をしに行ったのだ。

黒島に行くフェリーは前日までの予約が必要で、昔調べたことがあった陽はそのことを知っており、予約を取りに向かった形になる。

休日ということで前日だともう予約は取れないかと思われたが、なんとか二人分確保できたのだ。

「今更だけど、ちゃんとサンダルやタオルは持って来ているよな？」

「はい、大丈夫です……！」

陽の質問に対し、真凛はかわいらしい笑みを浮かべて頷いた。

それを確認した陽も頷き、目的の方角を見て口を開く。

「じゃあ、先にオリーブ園へと向かうか」

二人はそのまま歩いてオリーブ園へと向かった。

「――入園料って無料なんですね」

「みたいだな」

目的地に着いた二人は、入園料がかからないことに少し驚きながら、散歩道を登っていく。

「虫は大丈夫か？」

「虫よけスプレーをしているので、大丈夫ですよ」

「しっかりしてるなぁ」

「ふふ、見直しましたか？」

陽に褒められたことで、真凛はご機嫌そうに陽の顔を見上げた。

顔はドヤッとしており、どこか誇らしげだ。

「油断して刺されまくってたら面白いけどな」

「なんて酷いことを……!? そうなるのは、葉桜君ですね……！ どうせ、虫よけスプレーもしてないんでしょ……！」

「いや、してるが？」

「そうでした、なにげに準備がいいんですよね、あなたは……」

なんだか残念そうに真凛はソッポを向いてしまう。

というよりも、若干拗ねている表情だ。

「――へぇ、オリーブのお店もあるのですね」

歩いて展望台がある建物に着いた真凛は、一階にお店があることを知って興味深げな視線を向ける。

「覗いてみるか？」

「そうですね……でも、お金は今あまり持ち合わせていないので、やめておきます」

「欲しいのがあるのなら、買ってやるが？」

「そ、そんなヒョイヒョイと貢ぐようなことをしないでください……！　葉桜君は、もっとお金を大切にするべきです……！」

よかれと思って言った陽だが、そのことに真凛は怒ってしまった。

陽は、真凛が我慢をして不満を溜めることを良くないと思ったのだけど、真凛からすれば奢られるほうが気を遣うのだろう。

「でも、元々こういう旅行にかかるものは出してやる約束だよな？」

「お食事は必要なものですけど、お土産とかの商品を買うのはまた別のお話です……！　葉桜君、変なところでずれていますよ……！」

真凛は人差し指を立て、プリプリと怒ってしまう。

まるで子供を叱るような態度に、陽は苦笑いを浮かべた。

「悪い、秋実が嫌ならやめておこう」

「嫌、というよりも、困るんです……。そんなにお金を遣われても返せるものがないですし、だからといって、勝手に貢がれてるだけ、と割り切ることもできませんので……」

真面目でいい子ちゃんの真凛は、やはり一方通行は無視できないようだ。

何かを貰うのであれば、何かを返すスタイルでいたいらしい。

「今時珍しいよな、そこまで真面目な奴って」

「ま、まさか、今までも同じように、女の子に貢いできたのですか……!?」

「俺がそんなことをすると思うか？　そもそも、関わる女子がいないだろ」

現在進行形でやろうとしていた男の発言に疑問を持つ真凜だが、陽の言う通り女子と関わるところはほとんど見ていないので、貢ぐ相手がいなければお金も使うことがない、と判断した。

「お金は大切にしましょうね？」

「いや、俺はちゃんと大切にしてるぞ……？　必要なことにしか使わなくて、無駄遣いはしないようにしてるんだから」

「………」

「な、なんだよ、その目は？」

陽の言葉を聞いた真凜は、ジト目で陽の顔をジッと見つめてきた。

とても物言いたげな目に、陽は困ったように真凜を見つめる。

「言わないとわかりませんか？」

「いや、いい。なんだか疲れそうだ」

真凜が小首を傾げたことで、陽は疲れたように首を左右に振った。

これ以上やりあっても、ただ時間と精神力を無駄にすると思ったのだ。

「それよりも、お店に寄らないなら展望台に行こう」

陽は真凜を連れ、上の階を目指して階段を昇る。

「わぁ……風が気持ちいいですね……」

展望台に出た真凛は、風に髪を靡(なび)かせながら笑みを浮かべた。

(相変わらず、絵になるな……)

風に飛ばされないよう帽子を手で押さえながら微笑(ほほえ)む真凛に対し、陽は思わずそう思ってしまう。

「この時期だと、特にいいな」

「はい、気持ちいいです……」

言葉通り、風が気持ちいいのだろう。

真凛は気持ち良さそうに目を細め、展望台から見える海や島、そして自然に溶け込む町並みを眺めていた。

陽も同じように、真凛の隣に並んで景色を眺める。

「自然っていいですよね……」

「あぁ、心が洗われる感じだよな。高校を卒業したら、自然豊かなところでのんびりと暮らしたいものだ」

「それは、現在お仕事を頑張っていて、老後を楽しもうという方の発想だと思うのですが……。どうして、葉桜君は働く前からそんな考えになっているのですか……？」

まるで人生に疲れているかのような発言に、真凛は困ったように笑いながら陽に尋ねてしまう。

しかし、陽は首を左右に振って、口を開いた。

「老後とか関係ないだろ。好きなんだよ、自然が」

「…………」

優しい表情を浮かべながら本心を話す陽のことを、真凛は思わず見つめてしまう。

リラックスしているからこそ出た表情なのだろうけど、この表情を見て真凛はやっぱり陽のことを、優しい人間だと思った。

「――さて、そろそろ行くか」

景色に満足した陽は、真凛へと声をかける。

真凛もコクコクと頷き、二人は建物を出てオリーブ園の続きを歩き始めた。

「あまり男性ってこういった自然に興味がない印象なのですが、葉桜君とは楽しめるのでいいですね」

次の目的地を目指しながら歩く中、ふと隣を歩く真凛が陽の顔を見上げてそんなことを言ってきた。

「それは、完全に偏見だな……。普通に自然を楽しむ男はいるだろ？」

「いるとは思いますが、花よりも機械などが好きなイメージです」

真凛が言いたいこともわかってしまい、陽は思わず苦笑いを浮かべる。

「俺だってそうかもしれないぞ？」

「でも、葉桜君は自然も楽しんでいるので、やはり一緒にいて楽しいですよ」

ニコニコの笑顔でそう言ってくる真凛。

陽は困ったように笑いながら、真凛から顔を背けた。


(ほんと、こいつの天然発言は困るな……)


「あっ、葉桜君……！　幸福の鐘が見えましたよ……！」

陽が顔を背けていると、真凛は急に声のトーンを上げた。

その声に引かれ、陽は真凛が見ているほうを見る。

そこには、『幸福の鐘』と呼ばれている鐘が吊られていた。

陽は正直鐘よりも、その先にある景色に興味を惹かれるけれど、真凛は嬉しそうにタタタッと走って、鐘から垂れているロープを握った。

「これ、三回鳴らしたらいいんですよね……!?」

「そうだな」

陽が頷くと、真凛は嬉しそうに鳴らそうとする。

しかし――。

「うぅ……上手く鳴らせません……」

真凛がロープを振っても、鐘は全然鳴らなかった。

力が逃げ、鐘にぶつけないといけない部分をピンポイントで当てられないようだ。

「闇雲にやっても駄目だろ」

陽はそう言いながら、真凛の握るロープの上側を右手で握る。

そして、真凛の揺らすタイミングに合わせ、力を強く込めた。

それにより、鐘は綺麗な音色を奏でる。

真凛は陽の行動に戸惑いながらもタイミングを合わせ、残り二回を鳴らした。

「満足いったか？」

鐘を三回鳴らしたので陽は真凛に尋ねたのだが、真凛は顔を真っ赤にして何やら俯いていた。

「どうした？」

真凛の態度が変だったので、陽は真凛の顔を覗き込む。

すると、真凛は潤んだ瞳で陽の顔を見上げた。

「こ、この鐘って、通常恋人や家族の二人で鳴らすもので……それなのに、私たちは一緒に鳴らしてしまいました……」

どうやら真凛は、陽と恋人になるおまじないをしてしまった、と言いたいらしい。

「あ～まぁ、うん。悪かった」

苦戦しているようだから手を貸した陽だが、無神経なことをしたと反省をする。

「い、いえ、そもそも一人で鳴らそうとした私が悪いので……」

この鐘は、鐘を鳴らす際に込めた想いを鐘の響きと共に相手に届ける、という意味もあるらしい。

だから真凛は、一人でも鳴らそうとしたのだろう。

誰に何を届けたかったのか、なんとなく陽は理解してしまい、申し訳なくなった。

「どうする、もう一回一人で鳴らすか？」

「い、いえ、大丈夫です……」

モジモジとしながら俯く真凛は、陽の顔を見ようとはしない。

顔は耳まで赤く、純粋な彼女には今回の件が大きく響いたようだ。

「そ、そういえば、ここのオリーブの葉には、ハート形のものがあるらしいですね……！

一緒に探しませんか……!?」

そしてテンパっているのか、真凛はそんなことを言ってきた。

「いいけど、そっちこそ恋人の呪いじゃないか……？」

「あっ……」

陽にツッコミを入れられて、真凛は赤い顔のまま再度俯いてしまった。

気まずい空気になり、陽はポリポリと頬を指で掻く。

「次に行くか」

そう言って、真凛に背を向けて歩き始めた。

真凛は慌てて陽の後を追い、二人はオリーブ園の残りを見て回った。

その後、昼食を近くのお店で取り、フェリー乗り場へと向かう。

「海面、意外と近いですね」

フェリーに乗ると、真凛(まりん)はワクワクとした表情で嬉しそうに陽を見た。

「だからって、触ろうとするなよ？　百パーセント落ちるから」

「しませんよ……！　どうも見ても届かないことくらい、わかります……！」

「ならいいけど」

頬を膨らませて拗(す)ねる真凛から視線を逸(そ)らし、陽は海を見つめる。

そんな陽のことを、真凛は頬を膨らませながらジッと見つめていた。

「——サンダルに履き替えるか」

黒島に着くと、陽はリュックサックからサンダルとビニール袋を取り出した。

真凛も同じようにサンダルとビニール袋を取り出し、履き替えようとするが——。

「た、立ったままだと、靴下が上手く脱げません……」

片足を上げながら、ピョンピョンッと跳ねてしまっていた。

どうやらこけそうになるのをジャンプでこらえているようだが、それを見た陽は苦笑いを浮かべて口を開く。

「船の中で履き替えたほうがよかったな」

「そ、そうですね……。別のことに気を取られていたので、失念しました……」

「まぁ綺麗な海だったから、気を取られるのは仕方ないけどな」

「………」

陽の言葉を聞くなり、真凛は凄く物言いたげな目を陽に向けてきた。

「な、なんだよ？」

「葉桜君は、時々ナチュラルに相手を煽りますよね」

なんだか真凛は拗ねたように頬を膨らませている。

「そんなことはないだろ……？」

「むぅ……」

「はぁ……とりあえず、立って履き替えられないんだったら、肩を貸そうか？」

「えっ!?」

陽が提案をすると、真凛はとても驚いた声を出した。

それにより他の客の視線が陽たちに向くのだが、真凛は恥ずかしそうに陽の背中へと隠れる。

「座って履き替えるわけにはいかないんだから、仕方ないだろ？」

現在地面は砂なので、真凛の服が汚れてしまうのは明らかだ。

だから、立ったまま履き替えるには、何か体を支えるものが必要だった。

陽は、その支えるものになる、と自分から言っているのだ。

「い、いいのですか……？」

「仕方ないからな」

「ありがとうございます……」

真凛はゆっくりと陽の肩に手を伸ばし、肩を借りながら履き替え始めた。

「すみません、ありがとうございました……」

サンダルに履き替え終えると、真凛は顔を赤くして恥ずかしそうにしながら陽から離れた。

「あぁ、俺たちは遅れてしまっているし、そろそろ行こうか」

陽は真凛を一瞥し、先に歩き始める。

真凛はタタタッと小走りですぐに陽の隣へと並んだ。

「――あっ……ヒトデさんがいます……」

ヴィーナスロードを歩いていると、潮が引いたことで出来た砂道で、真凛はヒトデを見つけた。

「海に戻してあげたほうがよろしいでしょうか……？」

「触れるのか？」

「……怖いです」

陽の質問に対し、真凛は素直に答えた。

中々触る機会がある生き物ではないので、真凛が触ることを恐れるのも仕方がない。

「それでいい。ヒトデにも毒を持つ種類はいるんだし、あんまりなんでもかんでも触らないほうがいいぞ」

「この子も持っているのでしょうか……？」

「わからない、俺はヒトデに詳しくないから。だけど、この砂道も時間が経てば海に戻るんだ。下手に触るよりは、自然に任せたほうがいい」

詳しくない以上、下手なことはしないほうがいい、というのが陽の考えだった。

もしこれでヒトデが最期を迎えることになろうとも、自然に任せている以上それが運命だった、と割り切っているのだ。

「なんだか葉桜君って、大人びていますよね」

「それは、馬鹿にしているのか？」

「いえ、感心しているんです」

純粋でいい子ちゃんの真凛にとって、陽の考え方は意外なものばかりだった。

自分とは違う考えを持ち、それが正しいと思うからこそ、真凛は陽のことを凄いと思っている。

「なんか、秋実に褒められると馬鹿にされている気がする」

「ひねくれるにもほどがありますよね!?」

陽が嫌そうにすると、真凛は納得いかないと言わんばかりに陽の顔を見上げた。

「素直な感想だ」

「………」

「それよりも、先に行こう」

物言いたげな目で見つめてくる真凛を横目に、陽は再び歩き始める。

真凛は置いて行かれないように、再度タタタッと走って陽(よう)の隣に並んだ。

「──あっ、ここからの道は、潮がきちんと引いてないんですね」

歩いていると、続いていたはずの砂道が潮で隠れてしまっていた。

しかし、足のくるぶし程度にまでしか潮はないので、歩く分に困りはしない。

「風が強いからな。それで潮が戻ってきているのかもしれない」

「サンダルにして正解でしたね」

「嬉しそうだな?」

「こういう体験は滅多にできないので、嬉しいんです」

島を目指しながら海の中を歩く。

確かに、なかなか体験できるものではないだろう。

真凛は子供のようにはしゃぎながら、陽の隣を歩いていた。

「転ばないようにな」

「きゃっ──!」

「おい……」

まるでお約束──そして、デジャヴかのように真凛が足を滑らせたので、陽は真凛が転ぶ前に腕を取って抱き寄せた。

「ご、ごめんなさい……」

「本当に、秋実はドジだよな……」

「うぅ、返す言葉がありません……」

数度陽に助けられている真凜は、陽の言葉を否定しなかった。

恥ずかしそうに顔を真っ赤に染め、体を陽に預けている。

真凜の豊満な胸はムニュッと形を変えてしまっているのだけど、陽とくっついている状況に真凜はそれどころではなかった。

「放して大丈夫か？」

「は、はい……！」

真凜が頷いたことを確認し、陽は優しく手を放した。

再び一人で立つ真凜は顔を真っ赤にしたまま俯き、人差し指を合わせてモジモジとしている。

そして陽も、頬を若干赤くし、真凜から視線を逸らしていた。

「とりあえず、先に進もう」

気まずくなった陽は、真凜と特に話をするわけではなく、歩を進めることにした。

真凜は俯いたまま、陽の後に続く。

しかし、なぜか陽の服の袖を摑んできた。

「秋実……？」

真凜の行動が予想外だった陽は、戸惑ったように真凜を見る。

「そ、その……またバランスを崩してしまうかもしれないので……」

真凛は顔を真っ赤にしたまま、熱っぽい瞳で陽を見上げた。

陽は真凛の顔を見て息を呑むが、素っ気ない態度で口を開く。

「まぁ、それなら仕方ないな」

「ありがとうございます……」

二人は気まずい雰囲気を抱えながら、そのまま次の島へと向かう。

「そういえば、昨日は肌寒かったと言っていたけど、今は大丈夫か？」

「あっ……今は太陽が出ていますので、海のおかげでいい感じですね」

「じゃあ、さっきまでは暑かったということじゃないか……」

「そこは触れないでください」

陽がツッコミを入れると、真凛は拗ねたように唇を尖らせた。

朝大丈夫と言った手前、昼になってから暑くなったとは言えなかったのだろう。

それでも、真凛は汗をかいていなかったので、女子は不思議だな、と陽は思った。

「無理をしたり、意地を張ったりする必要はないぞ？」

「女の子には、時に譲れないことがあるのです」

「相変わらず、秋実は時々わけがわからなくなるな」

「私だけではないですよ……!?　女の子は、そういうものなんです……！」

陽が呆れた表情をしたため、真凛はプリプリと怒ってしまった。

真凛的にはお洒落でいたいから、暑さは我慢するというニュアンスで言ったのだけど、どちらかというと、見た目よりも機能性を気にする陽には通じなかったようだ。

「そんなこと気にしなくても、秋実は元がいいんだからどの服でも似合うだろ？」

「――っ!?」

どうやら陽は、真凜の言いたいことがわからなかったのではなく、真凜が必要のないことをしようとしているから、理解できないと言っていたようだ。

しかし、真凜は陽が先程言った言葉の意味を気にする余裕はなく、容姿を褒められたことで一瞬にして顔を真っ赤にしてしまった。

「なんで顔が赤いんだ……？」

真凜が顔を赤くした理由がわからない陽は、それを真凜に尋ねてしまう。

すると、真凜は顔を赤くしたまま不服そうに陽の顔を見上げた。

「は、葉桜君は、天然ジゴロなところがありますよね……」

「はぁ……？　俺のどこがだよ？」

陽が困惑したように首を傾げると、真凜はジト目を向けた。

(この人、相当タチが悪いですね……)

そんなふうに考えながら、真凜は口を開く。

「いいです、説明するのは時間の無駄でしょうから」

「お前、本当に俺だけ態度が違うよな」

「生意気ですか？」

「そうだな。まぁ、そっちのほうが話しやすいからいいんだが」

「葉桜君は、変わり者ですね」

相手が生意気のほうがいいと言う陽に対して、真凛は困ったように笑った。

「今更だろ？」

「ふふ、そうかもしれませんね」

陽の素っ気ない態度に対し、真凛は嬉しそうに笑う。

真凛も相当変わっていると思った陽だが、真凛がご機嫌になっているので余計なことは言わなかった。

「さて、そろそろ次の島に着くな」

「ハート形の石、見つかりますかね？」

「さぁ、どうだろうな」

本当なら、他の観光客の動きを観察していれば、すぐに見つけることはできるだろう。

しかし、真凛は自分で見つけたいはずなので、陽は余計なことは言わなかった。

それから島に着くと、真凛はハート形の石を探し始めた。

陽はハート形の石を探すのではなく、真凛が石などに躓いてこけたりしないよう、真凛の様子を窺っている。

そうしていると――。

「あっ、ありました……！　葉桜君、ありましたよ……！」

真凜は、ハート形の石を見つけたようだ。

嬉しそうに両手を振って、陽を呼んでいる。

まるで子供のようなはしゃぎように陽は温かい気持ちになりながら、真凜の許へと向かった。

「よかったな」

「はい……！　私のほうが早く見つけたので、私の勝ちですね！」

「ん？　勝負していたのか？」

「こういう探し物をする時は、勝負するものではないですか？」

不思議そうな陽に対し、真凜は笑みを返した。

完全な真凜のマイルールなのだけど、陽は仕方なさそうに笑みを浮かべる。

「それじゃあ、秋実の勝ちだな」

「………」

陽の笑顔を見た真凜は、大きく目を見開いて陽の顔を見つめた。

パチパチと瞬(まばた)きをしながら、とても意外そうな表情を浮かべている。

挙句、ゴシゴシと自分の目を擦(こす)り始めた。

「喧嘩(けんか)売ってるのか？」

あからさまな真凜の態度を、陽は白い目で見た。

それにより、真凜は慌てたように首を左右に振って、口を開く。

「そ、そういうわけではなくて……！　かなり意外な反応だったので……！」

てっきり陽が呆れるか、文句を言ってくると思っていたので、真凜はとても意外そうにしていたのだ。

ましてや、先程見せた笑顔は、優しさに溢(あふ)れているかのようなものだった。

だから真凜は、驚いたように見つめてしまったのだ。

「はぁ……しょうもないことを言っていないで、そろそろ行くぞ」

溜息(ためいき)を吐(つ)いた後、陽はまた歩き始めた。

真凜もいつも通り陽の後を追い、その後二人はヴィーナスロードを満喫するのだった。

――ちなみに、また真凜は転びそうになり、陽が真凜を抱きしめる羽目になったというのは、別の話だ。

◆

「――ジェラート、おいしいですね」

現在真凜は、一番の目的だったと言っても過言ではない抹茶とミルクのジェラートを、頬を緩めながら舐(な)めていた。

陽はミルクのジェラートを食べているのだが、正直真凜の緩んだ頬に思わず目が奪われてしまい、気が付けばジェラートがとけそうになっていた。

「葉桜君葉桜君、抹茶も食べてみますか？」

ジェラートに舌鼓を打っていた真凛は、ふと何かを思い出したかのように陽の口へとジェラートを持っていった。

昨日のリベンジをしたいのかもしれない。

しかし、陽は昨日と同じく首を左右に振る。

「秋実のなんだから、こっちに気を遣わなくていいぞ？」

「むぅ……」

「だから、なんで頰を膨らませるんだ……？」

「葉桜君はいけずです……」

真凛はプクッと頰を膨らませて、拗ねたようにソッポを向いた。

いけずとは、関西弁で意地悪という意味だ。

岡山生まれの岡山育ちである真凛だが、関西はすぐ隣なので耳にする機会があったりするのだろう。

もしくは、漫画やアニメで見て覚えた、ということかもしれない。

「……じゃあ、少しだけ」

いじけてしまった真凛を見た陽は、ゆっくりと顔を真凛のジェラートへと近付ける。

そして、少しだけ抹茶の部分を舐めた。

すると――。

「はわわわわわ!?」

真凛が、顔を真っ赤にして慌て始めた。

目をグルグルと回し、あまりの出来事にパニックになっているようだ。

「お、おい、大丈夫かよ……」

「だ、大丈夫じゃないです……！　食べるなら言ってください……！」

「い、一応言っただろ……？」

「あんなの不意打ちと変わりません……！　心の準備をする時間をください……！」

よほど真凛は動揺しているのか、鼻息荒く陽のことを怒ってしまう。

「悪い、もうしないよ」

「あっ……」

しかし陽が謝ると、真凛は途端におとなしくなってしまった。

そしてモジモジとし、困ったように視線を彷徨わせる。

「そ、そういう意味ではなくて、その……やるなら、予め言ってくださいと言っているのであって、その……」

何を言ったらいいのかわからなくなってしまい、真凛は口を閉ざして俯いてしまう。

陽はそんな真凛の様子に戸惑いながらも、ポンッと頭を叩いた。

「もういいから、早く食べないと折角のジェラートがとけちゃうぞ？」

「あぅ……そ、そうですね」

真凛は恥ずかしそうにしながら、とけかけているジェラートを舐め始める。

しかし、チロチロと舌で舐めながらも、チラチラと陽の顔を見上げていた。

陽は真凛の視線に気が付きつつも、ここで突くとまた暴走してしまうかもしれないので、触れたりはしない。

そんな地雷を踏むようなことはせず、陽は海を眺めながら、真凛と同じようにおいしいジェラートを楽しむのだった。

「――さて、次はどうする？」

真凛がジェラートを食べ終わったことを確認した陽は、この後の予定について真凛に尋ねる。

それにより、真凛は人差し指を唇に当て、『ん～』と考え始めた。

そして考えがまとまると、笑顔で口を開く。

「折角なので、次は白桃とマスカットのを食べてみたいですね。やはり地元フルーツ系は攻めたいところです」

陽は『次どこに行く？』という意味で聞いたのだが、どうやら真凛は『次は何の味にする？』と聞かれたと勘違いしたようだ。

どうやら、まだ食べたいと思うほどに、ジェラートがおいしかったらしい。

「……まだ食べたいなら、買いに行くか」

「え？　あっ――」

どうやら、真凛は自分の勘違いに気が付いたようだ。

カァーッと顔を赤くし、俯いてしまった。

「や、やっぱりいいです……」

「別に食べたら駄目、というのはないんだから、気にしなくていいぞ？」

「でも、葉桜君は食べませんよね……？」

真凛は、顔色を窺うように陽を見上げる。

「俺は元々そんなにデザート系は食べないからな。でも、秋実はよく食べるんだから、食べればいいじゃないか」

「ひ、一人でなんて、食べづらいですよ……。その間、葉桜君を待たせてしまうわけですし……」

「折角目の前には綺麗な海が広がっているんだ。俺はまだこの海を眺めていたいから、いいんじゃないか？」

「葉桜君……」

陽の言葉を受け、真凛は潤んだ瞳で陽の顔を見つめた。

「それに、次はいつこられるかわからないんだから、食べられるうちに食べておくのがいいと思うぞ」

陽のその言葉で、真凛は決めたのだろう。

顔を赤くしたまま頷き、陽の服の袖を摘まんできた。

口ではなく行動で示したのは、単純に言葉にするのが恥ずかしかったのだろう。

真凛を連れて陽がジェラートのお店に行くと、店員さんは驚いたように陽たちを見てきた。

しかし、すぐに真凛の気持ちに気が付き、笑顔で注文を取ってくれる。

「――店員さん、喜んでいたな」

再度真凛たちが訪れたことで、ジェラートのお店の人は、真凛が味を気に入ったと気付き喜んでいた。

「丁寧な対応をしてくださるお店さんは、また行きたくなってしまいますね」

「そうだな。その味も、おいしいか？」

ご機嫌そうにチロチロとジェラートを舐めている真凛に対し、陽は海を眺めながら尋ねる。

「おいしいですよ、食べてみますか？」

そして真凛は、笑顔で答えながらごく自然な様子を装って、陽の口へと持っていった。

「いや、いい」

しかし、やっぱり陽には断られてしまった。

仕返しができない真凛は、それをどうしても不服に思ってしまう。

先程陽に食べさせることはできたが、あれも真凛のほうが圧倒的に動揺していたので、
真凛は納得がいっていなかった。

「変なことは考えず、純粋にジェラートを楽しめよ」

「なっ!?　き、気が付いていたのですか……!?」

「別に。ただ、余計なことを考えずにジェラートを楽しめばいいのに、と思っただけだ」

慌てる真凛に対し、陽は素っ気ない態度を返す。

それにより、真凛は更に拗ねてしまった。

「むぅ……」

「女子って難しいな」

頰を膨らませた真凛を見て、陽はめんどくさそうに溜息を吐き、海を眺める。

真凛もこれ以上は良くないと思ったのか、おとなしくまたチロチロとジェラートを舐め始めた。

二人はそのまま海を眺め、真凛が食べ終わると陽は口を開く。

「さて、次はどうする？」

「そうですね——」

「別に、ジェラートの味でもいいぞ？」

「——っ!?　も、もう！　そういういじわるは言わないでください……！」

先程真凛が勘違いしたことを持ち出すと、真凛は顔を赤くしながら怒ってしまった。

ポカポカと陽の胸を叩き、まるでじゃれているかのようだ。

「それよりも、他に行きたいところはあるか？」

陽は真凛の両手をいなすと、首を傾げながら尋ねた。

真凛は不服そうに頬を膨らませながらも、次の行き場所を考える。

しかし、特に行きたいところはなかったようで、首を左右に振った。

「じゃあ、もう帰るか？」

行きたいところがない。

だから陽は帰ろうかと思ったのだけど、すると真凛が寂しそうな表情を浮かべた。

「帰ってしまうのですか……」

「どうした？　やっぱりどこか行きたいのか？」

「そうではなくて……」

真凛は俯き、人差し指を合わせてモジモジとし始める。

言いづらそうにチラチラと陽を見上げはするものの、何かを言おうとして口を開いては、なぜか閉じてしまう。

そんな真凛のことを、陽は不思議そうに見つめた。

「あ、あの……折角ですし、昨日みたいに夕陽を見て帰りませんか……？」

どうやら真凛は、また夕陽を見て帰りたいようだ。

元々今日一日は真凛のために空けていたので、真凛が望むのであれば陽はその想いを尊重する。

何より、陽自身も夕陽と海の組み合わせをまた見たかった。

「じゃあ、どこか喫茶店でも入って、夕陽が見れる時間まで待つか」

「あっ……はい！」

陽が肯定的な姿勢を見せたため、真凜は嬉しそうに頷いた。

そして、タタタッと、陽の隣に並ぶ。

二人はその後、近くの喫茶店に入って、夕陽の時間になるのを待つのだった。

◆

「……♪」

現在、海岸から夕陽を眺めている真凜は、とてもご機嫌そうに鼻歌を歌っていた。

「そんなにおいしかったのか？」

「え？」

「さっき喫茶店で食べていた、はちみつ入りのプリンだ」

喫茶店でプリンを食べていたことに触れると、真凜は恥ずかしそうに顔を赤らめてはにかんでしまう。

「お、おいしかったですね」

「それはよかったな」

喫茶店に入るなり、プリンを見つけて目を輝かせた真凜の姿を思い出し、陽は若干笑いそうになってしまった。

そのことに気が付いた真凛は、再びプクッと頬を膨らませる。

「悪かったですね、食いしん坊で」

「いや、いいんじゃないか？　あのプリンだって、ここでしか食べられないものなわけだし」

「では、笑わないでくださいよ」

真凛は拗ねた表情で、ジト目を陽に向けてくる。

責める目を向けられ、陽は困ったように笑った。

「あぁ、悪い。ただ――幸せそうだったな、と思ってな」

「えっ？」

陽の思わぬ一言に、真凛は意外そうに陽の顔を見つめた。

陽は、どう伝えるのがいいか考えてから口を開く。

「おいしそうに食べてただろ？　あぁいうの、微笑ましくていいと思うぞ」

そう言って、陽は優しい笑顔を真凛へと向けた。

「あっ……」

陽の顔を見つめていた真凛は、その笑顔で思わず顔を背けてしまう。

海と夕陽を見つめながら、真凛はモジモジと体を揺らし始めた。

「は、葉桜君って、卑怯、ですよね……」

「いや、意味がわからないんだが……？」

「不意打ちとか、ギャップとか、ずるいです……」

いったい真凛は何が言いたいのか。

陽にはわからず、思わず首を傾げてしまう。

「いいです、伝わらないのはわかっているので」

不思議そうな陽に対して、真凛は再び拗ねた表情を浮かべ、海と夕陽に視線を戻す。

こういう時は触れないほうが良さそうなので、陽も黙って夕陽と海に視線を戻した。

時折陽は真凛にも視線を向け、（こういう時の秋実は、やはり絵になるな……）と思いながら、この時間を楽しんでいく。

「――ここから見る景色も素敵ですが、どうせなら海の上からも見てみたいですね……」

しばらくして、ウットリとした表情を浮かべた真凛が、そんなことを言ってきた。

「船から見たい、ということか？」

「そうですね。まぁ、無理だとはわかっているのですが……」

真凛はそう言って、仕方がなさそうに笑う。

船なんて持っていないので、無理だと諦めたようだ。

しかし、陽はスマホを取り出して、何か操作を始める。

「今は無理だけど、別の日なら可能だぞ？」

そして、真凛にとって意外な答えを言ってきた。

「えっ、そうなのですか？」

「あぁ。ほら、日にちは限られているけど、夕焼けを見るためのクルージングがあるようだ」

陽がスマートフォンを見せてきたので、真凛は画面を覗き込むようにして見てみる。

「あっ、本当ですね……。夏休み手前くらいから、五日ほどやっているようですね」

規則性は見られないが、七月中旬から八月前半の日付の中で、五日ほどクルージングをしている日付が確認できた。

どうやら、事前に申し込めば乗せてもらえるようだ。

「観光スポットだし、旅行客が楽しめるようにいろいろと考えているようだな」

「うぅ、残念ですね……。乗ってみたかったです」

海から見る景色はどう変わるのだろうか。

海面に映える夕陽のオレンジは、さぞ綺麗なのではないか。

そんな想像をしながら、真凛は残念そうな表情を浮かべた。

「また来たいのなら、言ってくれれば連れて来てやるさ」

真凛がとても残念そうにしているので、陽は思ったことを伝える。

すると、真凛は困ったように笑いながら、陽の顔を見上げた。

「なんだか、葉桜君って私に凄く甘いですよね……？」

真凛が望むと陽はすぐに叶えようとするので、ずっとそのことを感じていた真凛は思わず突いてしまった。

当然陽も、真凛のことを凄く甘やかしていることに自覚はあったけれど、理由が理由なのでどう答えるかを迷ってしまう。

そして、とぼけることにした。

「気のせいだろ？」

「これを気のせいと思うのでしたら、私は凄く鈍感な女ですね」

真凛は、陽がとぼけたのか、それとも本当に無自覚なのかがわからず、困ったように笑みを浮かべた。

「いいんじゃないか、鈍感でも」

「いえ、鈍感な人ってタチが悪いと思いますよ？　どこかの誰かさんのように」

陽が鈍感で進めようとしたので、今度は責めるようなジト目を真凛は陽へと向けた。

すると、陽は頬を指で掻き、困ったように真凛を見つめる。

「その言い方、俺に言っているようだけど、俺何か見落としたか？」

「察しがいいのか、察しが悪いのか……」

「言いたいことがあるのなら、直接言ったらどうだ？」

呆れ顔を浮かべた真凛に対し、陽は怒っていると思われないよう声のトーンに気を付けながら、真凛に尋ねてみる。

しかし、真凛は首を左右に振った。

「時には、言葉にできないこともあると思いますよ」

どうやら、直接言うわけにはいかないようだ。

「なんだかわからないけど、本当に秋実って、俺にだけ態度が違うよな。容赦や気遣いがない」

「葉桜君は、こちらのほうがいいんじゃないかと思いました」

「そうだな、そっちのほうが話しやすい」

常にニコニコ笑顔で、いい子ちゃんのように振る舞う真凛を、陽は苦手としている。

あまりにもいい子過ぎるため毒を吐くのは躊躇（ためら）われ、少しでも強い言葉を遣えば、悲しんでしまうように思えるのだ。

何より、不満を抱いているのにそう見えないのが、陽にとってやりづらかった。

だけど、今の真凛は遠慮なく陽に駄目出しをし、素直に不満もぶつけるので、陽にとっては今の真凛のほうが良く思えるのだ。

「あっ――葉桜君って、やっぱりドMというやつなのでしょうか……？」

しかし、あえてツンツンとしたほうがいいと陽が言ったことで、真凛は盛大な勘違いをしてしまう。

やっぱりというのは、前に食堂で言っていた辛い物が好きな人は――のくだりに繋（つな）がっているようだ。

「いい加減その勘違いはやめないと、コメカミグリグリするぞ……？」

「ひぃっ――!?」

陽が額に怒りマークを浮かべて声のトーンを数段落とすと、真凛は怯えた表情を浮かべてしまった。

「絶対違うからな？　次は許さないぞ？」

陽がそう迫ると、真凛はコクコクと首を縦に振った。

どうやらこの話題は、陽の逆鱗に触れるようだ。

「一回、体験しておくか？」

「な、何をですか……？」

「グリグリ」

「え、遠慮しておきます……！」

真凛はササッと陽から距離を取り、必死に首を左右に振った。

痛いのは嫌なのだろう。

「はぁ……馬鹿なことは言わず、夕陽を眺めておけ」

陽は疲れたように溜息を吐き、視線を夕陽と海に戻した。

怒りが収まったようなので、真凛は顔色を窺いながら陽の隣へと戻ってくる。

そして、チョコンッと陽の隣に腰を下ろした。

それから二人は満足するまで海を眺めて、タクシーを呼んだ。

「ご飯、食べて帰るか？」

「はい、できればそうしたいです。今日は元々外食のつもりでしたので」

——という会話があり、陽たちはあなご料理を食べて、真凛の地元を目指すのだった。

◆

「——今日は楽しかったです」

タクシーで帰っている最中、車窓から夜景を眺めていた陽に、真凛ははにかみながら声をかけた。

「それはよかったよ」

「はい、こんなに遊んだのは久しぶりでしたし、何より色々なことが新鮮でした」

真凛は今日のことを振り返りながら、両手の指を弄り始める。

そして、チラチラと横目で陽のことを盗み見ていた。

「充実した一日だったな」

陽は夜景を眺めたまま、満足そうな声を出した。

それにより、真凛は嬉しそうにはにかんで口を開く。

「正直、始めは不安だったんです」

「そうなのか?」

「はい——あっ、始めとは言っても、今日の始めではありませんよ? 葉桜君と行動を共にするようになった頃の話です」

陽の反応から、勘違いされたかもしれないと思った真凜は、念のため噛み砕いて話を進める。

「葉桜君とは一年生の時以来でしたし、うまくやっていけるのかな、と思っていました」

「………」

「ですが、葉桜君はお優しくて、すぐに私の不安はなくなったんです」

「俺が優しいというのは、凄い勘違いなんだけどな……」

嬉しそうに話す真凜に対し、陽は呆れたように溜息を吐いた。

しかし――。

「いいえ、お優しいです。態度は素っ気ないですし、口も悪いとは思いますが、私のことを凄く考えてくださっていますので」

どうやら、真凜は退くつもりがないようだ。

陽を見つめる瞳は、強い意志がこめられているように見える。

この数日間で、陽は真凜の信頼を勝ち取ることができたようだ。

だが、それを陽が望んでいるか、というのは別の話になる。

「あまり俺を信頼しすぎるなよ……？」

今後のことを考えると、真凜にあまり信頼を寄せられることは喜べなかった。

だから陽は、思わずそんなことを言ってしまったのだ。

「むぅ……褒めているのですから、素直に受け取ってください」

陽がひねくれた受け止め方をしている。

そう思った真凛は、頬を膨らませながら不満をぶつけてきた。

「……そうだな、ありがとう」

これ以上は機嫌を損ねるだけと思った陽は、視線を窓の外に逃がしながら、真凛にお礼を言った。

すると、真凛はパチパチと瞬き(まばた)をしながら、陽を見る。

「………………」

「なんだよ……？」

視線を逸(そ)らしてもなお見つめてくる真凛に対し、陽は嫌そうな表情を浮かべた。

「素直なので、怖いです……」

「お前は俺にどうしてほしいんだよ……!?」

真凛の言葉に、思わず陽はツッコんでしまった。

それによりタクシー運転手が吹き出してしまったのだけど、陽が視線を向けると申し訳なさそうに顔を背けていた。

「わ、悪気はないのですけど、あまりにも素直だったので……」

「そうか、じゃあもうお礼は言わない」

「あぁ!? いじけないでください……！」

陽が声のトーンを落として外を見ると、真凛がワタワタと慌ててしまう。

「誰がいじけてるだ……。こんなことで、いじけるかよ」

「では、怒らないでください」

「怒ってない」

「本当ですか……？」

「あぁ」

頷く陽だが、真凛は疑いの目で陽を見る。

「それよりも、明日から学校だけど、寝坊するなよ？」

「なっ⁉　子供扱いしないでください……！　寝坊しませんよ……！」

陽がやり返すと、今度は真凛が怒ってしまった。

相変わらず、子供扱いは嫌いなようだ。

それから二人は若干険悪な雰囲気になるが、気が付けば、真凛はいつの間にか眠っていた。

今日はよく歩き、真凛もはしゃいでいたので疲れたのだろう。

スヤスヤと眠る真凛の顔は、まるで幼い子供が眠っているかのようだった。

「………」

陽は真凛の寝顔を見つめ、真凛が咥えてしまっている髪の毛を、手でゆっくりと口から出してあげた。

「――お二人は、仲良しなのですね」

真凜の寝顔に気を取られていると、突然タクシーの運転手さんに声をかけられた。

「仲良しに見えますか？」

「そうですね、まるで兄妹のような関係に見えます」

「兄妹……はは、そうかもしれませんね」

真凜を妹として見ると、不思議なほどに違和感がなかった。

生意気な妹と思えば、真凜もかわいいものだと陽は思ってしまう。

「葉桜君は……いじわるです……」

再び真凜の寝顔を見つめていると、真凜は寝言で陽に文句を言ってきた。

そんな真凜を見た陽は、思わず笑みを浮かべて優しく頭を撫でるのだった。

◆

「――おい、秋実。起きろ」

「ふぇっ……？」

真凜の家の近所にタクシーが停まると、陽は優しく真凜の体を揺らして起こした。

真凜は寝ぼけているようで、焦点が定まらない瞳で陽を見てくる。

「着いたから、降りるぞ」

「はぁい」

真凛は眠たそうに目を擦りながら、まるで幼女かのような返事をした。

完全に寝ぼけてしまっているので、陽は困ったように笑いながら、真凛にタクシーを降りるよう促す。

真凛が降りると、陽もタクシーの運転手にお礼を言ってから降りた。

「一人で帰れるか？」

「はぁい……かえれますよぉ～」

「うん、無理だな」

完全に寝ぼけている真凛を一人で帰らせるのは不安だと思った陽は、仕方なく真凛に家まで案内させることにした。

真凛のような可愛い女の子を、夜道で一人にさせることさえも不安を覚えるのに、その上寝ぼけているのだから仕方がない。

寝ぼけている真凛はとても素直で、フラフラとした足取りで陽に道案内をしている。

真凛の足取りは誤って車道に出そうなので、陽は仕方がなく腕を貸すことにした。

「えへへ～、やっぱり葉桜君は優しいですね～」

寝ぼけている真凛は、まるで酔っ払いかのようにご機嫌だ。

だらしない笑みを浮かべ、幸せそうに陽の顔を見つめている。

（こいつ、意識がハッキリとした時に記憶がなければいいが……）

寝ぼけていた時のことを思い出して、凄く悶える真凜の姿が容易に想像出来てしまい、陽は苦笑いを浮かべながらそんなことを考えていた。

家に着くと、真凜の家は明かりが一切ついていない。

「まだ、親は帰ってきていないのか？」

「おとうさんたちは、いつもおそくまではたらいています～」

現在夜中の二十二時なのだが、どうやら毎日この時間にも帰っていないようだ。

「…………」

陽は、寝ぼけながら腕に抱き着いてきている真凜を見て、思うところがあるような表情を浮かべる。

そして、優しく頭を撫でた。

「あっ……えへへ……」

真凜は寝ぼけているからだろう。

頭を撫でられたことに怒るのではなく、とても嬉しそうに笑っていた。

それから真凜は、寝ぼけたまま家の中へと入っていく。

あまりにもずっと寝ぼけているので、家に入った真凜のことが陽は心配になり、少しだけ家の傍で待機しておくことにした。

すると、十分ほど経って猛烈に謝るメッセージが真凜から届いたので、陽は安心して家に帰るのだった。

――なお、家に帰ると、とても不機嫌そうな表情を浮かべた二大美少女の一人が家から出てき、ひと悶着あったせいで陽はこの日一番疲れてしまった、というのは別の話だ。

正直佳純のことに関しては、陽は仕方ないと割り切っていた。

少なくとも、約束の日が来れば、彼女の機嫌が直ることは陽にはわかっているのだ。

佳純は気難しそうに見えて、実は単純な女なのだから。

だから今は、直近の問題を解決することに、陽は神経を注ぐのだった。

陽と真凜の二日間のデートを終え、迎えた月曜日の放課後――現在、学校の二大美少女が向かい合っており、部活に向かう予定だった生徒や帰宅をしようとしていた生徒たちの注目を集めていた。

（なんで私がこんな役を……）

佳純はそう心の中で愚痴をこぼしながら、目の前にいる羨ましくなるほどにかわいらしい金髪美少女を見つめた。

（ていうかその大きさおかしくない!? 実はたくさん詰めて盛ってるんでしょ!?）

目の前にいる金髪美少女――真凜のある一部分が気になってしまった佳純は、自分とは正反対の大きさに嫉妬をしてしまう。

見た目や身長から考えると、それはどう考えてもありえない大きさで、佳純は納得できていなかった。

「あの……？」

そして、急に立ちはだかるようにして前に立たれただけでなく、自分の大事な一部分を凝視する佳純に対して、真凜は戸惑いを隠せなかった。

佳純に対しては嫌悪感があるものの、それを顔に出すほど真凜も愚かではない。

だから笑顔で退けたかったのに、佳純が凝視してくるものだから笑顔なんて作っていられなかった。

「あぁ、ごめんなさい。それで、いったい何をどれだけ詰めているのかしら？」

「えっと、なんのお話ですか……？」

脈略もなく発せられた佳純の言葉に、真凜は更に戸惑ってしまう。

逆に佳純は、ハッとしたようにプイッとソッポを向いた。

「今のは忘れて」

「はぁ……？　それで、どうして私は進路を妨害されているのでしょうか……？」

「妨害とは人聞きが悪いわね。たまたま歩いていたら、お互いぶつかりそうになっただけでしょ？」

「……では、行かせて頂きますね」

佳純がまともに答えるつもりがないと理解した真凜は、そう言って頭を下げながら佳純の右脇を通り抜けようとする。

しかし――。

「…………」

佳純は右へと足を踏み出し、無言で真凜の前に立ちはだかった。

「…………」

だから真凜は、次に佳純の左側を通り抜けようとする。

しかし、それも佳純によって妨害されてしまった。

いったい佳純が何をしたいのかがわからず、それを見つめていた生徒たちは戸惑いから皆顔を見合わせる。

彼らは真凛の機嫌が悪くなっていることを勘で察していた。

そして、そんな真凛は笑みを浮かべて佳純の顔を見つめる。

「どういうおつもりですか？」

そう尋ねる真凛の声のトーンは、いつものかわいらしい声よりも若干低かった。

そんな真凛を佳純は気に留めた様子がなく、平然とした態度で口を開く。

「別に、なんでもないわ」

「では、行かせて頂けますでしょうか？　別にどいてくださらなくて大丈夫ですので、進路を妨害しないでください」

「人聞きが悪いことを言わないでちょうだい。私が避けて進もうとしたら、たまたまあなたも同じ動きをしているだけでしょ？」

「根本さん、全然前に足を踏み出していませんよね？」

「あら、あなたの目は節穴のようね。私はちゃんと前に進もうとしているわよ？」

「「………」」

先に進みたい真凛に対し、嫌がらせのように妨害をする佳純。

二人は黙り込んでしまい、目だけでお互いやりとりを始めてしまった。

「──お、おい、誰か止めに入れよ」

「馬鹿、それならお前が止めに行けよ」

「やだよ、あの二人に目を付けられたくねぇもん」

「だけどこれ、絶対この前みたいな喧嘩になるぞ……？」

「てか、もはやなってるだろ、これ……」

一触即発──今回も佳純から真凛に突っかかる形で、場の空気は悪くなっていた。

だから生徒たちは各々に止めに入ることを口にするが、誰一人として彼女たちの間に割って入ろうとする者はいない。

当然だ、彼女たちは二大美少女と呼ばれるほどに、スクールカーストの最上位に位置付く人気者。

そんな彼女たちを敵に回せば、今後の学校生活に支障をきたすことになる。

それがわかっている生徒たちは他人任せになり、止め役を押し付け合っているのだ。

そしてこうなった彼らがどうするかというと──当然、彼女たちを止められる存在を求め始める。

だけど、今彼らが頭に思い浮かべた人物は、前回とは違った。

「──おい、誰か葉桜を呼んでこいよ！」

「そうだ、葉桜だ！　あいつを呼べばいいんだ！」

「ちょっ、あいつ今どこだよ！　同じクラスの奴はいないのか!?」

止め役を押し付け合っていた生徒の一人が陽の名前を出したことにより、真凛たちを遠巻きに見ていた生徒たちが口々に陽の名前をあげ始めた。

その言葉に真凛と佳純は反応し、佳純のほうが先に口を開く。

「もう放課後よ？　あなたは帰らずにどこに行こうとしているのかしら？」

「別に、私がどうしようと勝手だと思いますが？」

「そうね。ただ、彼ならもう帰っていると思うわよ？」

（なんで、この人に気が付かれているのですか……？）

真凛は顔に出さず、心の中でだけ黒い感情を覗かせる。

今回真凛は、陽と少し話がしたくて、彼のところに向かおうとしていた。

その際に、佳純に足止めを喰らってしまったのだ。

「大丈夫だと思います。聞けば、彼はいつも一番最後に教室を出ているようですからね」

「そう、なら行ってみるといいわ。もう彼はいないでしょうから」

そう言うと、佳純はあっさりと道を開けた。

そのことに関して真凛は凄く違和感を覚えるが、足を踏み出してももう佳純が前を塞ぐことはない。

だから、注目を集めているということもあって、真凛は足早に立ち去った。

（全く……この貸しは大きいわよ、陽）

佳純は真凛の後ろ姿を眺めながら、大きく溜息を吐いた。

元々佳純は見た目や才能から人気があったが、性格には難がある生徒だと皆から思われている。

一部の特殊な嗜好の生徒たちからは大人気だったが、それ以外の生徒からは真凛ほど崇められているわけではない。

だから一部には、佳純のことを悪く言う生徒もいるわけで、前回真凛に絡んだことで更にその数は増えていた。

そして今回の一件。

正直佳純の評価は、生徒たちの間でだだ下がりだろう。

だけど、今の佳純にはもう周りの評価なんて関係なかった。

手に入れたかったものは既に手に入っているのだから、外野のモブたちなんてどうでもいいのだ。

（ふふ、約束の日……何してもらおうかなぁ）

佳純はそんなことを考えながら、この場を立ち去るのだった。

――当然、急にご機嫌になった佳純を見ていた生徒たちからは、得体の知れないものでも見るような目で見られていたのだが。

◆

「――まさか、君に呼び出される日が来るとは思わなかったよ、葉桜君」

真凛たちが廊下で修羅場っている頃、佳純経由で陽に呼び出しを喰らった晴喜は、意外そうに陽を見つめる。

そんな晴喜に対し、陽はまず謝ることにした。

「悪いな、急に呼び出して」

「あぁ、いいよ。それで、話ってのは真凛ちゃんのことかな？」

意外と察しがいい――そう思いながら、陽は口を開く。

「あぁ、そうだ。根本から聞いたのか？」

「いや、最近君と真凛ちゃんはずっと一緒にいるみたいだし、君が僕を呼び出すとしたら、それくらいしか考えられなかったからね」

「なるほど。まぁ、話が早くて助かるよ」

「いえいえ、どういたしまして」

相変わらずどこか喰えない喋り方に、陽は眉を顰めて口を開く。

「さて、本題に入らせてもらうが――お前、秋実を遠ざけたくて、根本と恋人のフリをしたらしいな？」

本題に入った陽は、さっきまでの雰囲気とは一変し、睨むようにして晴喜に尋ねた。

そして睨まれた晴喜はといえば、呆れたように口を開く。

「あ～、誰にも言わないって約束だったのに。佳純ちゃん意外と口が軽いな～」

今まで誠実だったはずの男が、いきなりチャラ男みたいな雰囲気になり、陽は更に眉を顰めた。

佳純からの話は話半分に聞いていた陽だけど、この態度を見て佳純の言葉が真実だということを理解する。

誠実で、誰にでも優しいことで知られる木下晴喜――そんな彼が、実はクズ男だということを。

「事実、なんだな？　聞けば、去年根本に言い寄ってくるように言ったのも、お前らしいじゃないか」

「おっと、それは誤解だね。なんだか僕に興味があるようなフリをして中途半端なことをしてるから、もっと積極的な雰囲気を出しておいでって言っただけだよ？」

悪気もなく、これが事実だと言わんばかりに訂正をする晴喜。

その晴喜に陽は内心怒りを覚えながらも、冷静を装って再度口を開く。

「あいつ――根本は、あぁ見えて実は単純で、馬鹿だから気が付いていないのかもしれないが、その助言には秋実を遠ざける以外の目的もあったんだろ？」

「へぇ、よく気が付いたね。なんでわかったの？」

陽の言葉を聞き、晴喜はニヤッと笑みを浮かべて首を傾げた。

その表情はこの状況を楽しんでいるようであり、自分が知る人間とは別人が立っているように陽は錯覚しそうになる。

「いや、単純に俺なら、根本の目的を知っている場合そんな助言はしないからだよ。お前、根本のこともうっとうしく思っていたんだろ？　だから、もっともらしいことを言いながらも、あいつの目的が果たせない提案をした。違うか？」

「おぉ、佳純ちゃんから聞いてはいたけど、本当に凄いね、君は。そうだよ、君の言ったことで間違いない。むしろ、僕の立場からしたら当然じゃないかな？」

晴喜はあっさりと陽の言葉を肯定した。

全然悪く思っておらず、むしろ佳純に対してざまぁみろ、というような雰囲気を出している。

「なんでお前、さっきから悪びれるわけもなく楽しそうに話しているんだ？　俺がどうしてここにお前を呼び出したのか、もうわかっているんだろ？」

現在陽は、晴喜の様子から狙いを見抜くことができていない。

というよりも、彼の態度自体が不可解で狙いがわからないのだ。

ここで彼が、こんなおちゃらけた態度をとったところで、何一つメリットはないように思えた。

「あぁ、なんだろうね。君と話してみたかったからじゃないかな？」

「俺と話してみたかった？」

「うん、そうだよ。君なら、僕の気持ちを理解してくれるんじゃないかなって」

晴喜の言葉を聞き、陽は更に眉を顰める。

「悪いな、残念ながら俺にお前の気持ちなんてわからない」

「はは、そんな冷たいことを言わないでよ。君だって、佳純ちゃんに苦労させられ続けたんだろ？　だから、彼女を突き放した。僕としていることは変わらないじゃないか」

「………………」

陽が佳純を突き放したことと、晴喜が真凛を突き放したこと。

確かに一見すれば同じだろう。

だけど、根幹も、対応も陽と晴喜では違った。

どちらとも幼馴染みを突き放しているのだから、最低なことに変わりはないが、陽は自分のことを棚に上げてでも、晴喜に文句を言わずにはいられなくなる。

「お前、俺と同じじって言うが、お前が秋実を遠ざけた理由はなんだ？」

「ん？　そんなの決まってるじゃないか。真凛ちゃんの存在がうっとうしいからだよ」

何を今更、そう言いたげに晴喜は首を傾げる。

「それは、あいつがお前に迷惑をかけたってことか？」

「あぁ、そうさ。幼馴染みだからって一緒にいたがるのはまだいい。だけどね、あの子と一緒にいたら、僕は嫉妬に狂った馬鹿どもに酷い目に遭わされるんだよ。小学生の時から、ずっとそうだ」

真凛の人気は凄まじい。

彼女と一緒にいれば多くの男子生徒から嫉妬の目を向けられることは、この数日で十分陽も理解していた。

だから、晴喜が言いたいこともわかるのだ。

実際嫉妬によって、酷いこともされてきたのだろう。

だけど、それは別に真凛が悪いわけではない。

「やっぱり、俺にはお前の気持ちはわからない」

「えっ？」

「俺がたとえお前と同じ立場だったとしても、絶対に秋実のことを突き放しはしないからな」

「なに……？」

陽が晴喜の目をまっすぐ見ながら言うと、晴喜は笑顔から不満そうな表情に変わる。

「急に何を言うんだい？　君は実際、幼馴染みである佳純ちゃんを突き放しているじゃないか」

「お前、俺が根本（ねもと）を突き放した理由を聞いていないだろ？」

「…………」

陽の質問に対し、図星だったようで晴喜は黙って陽の顔を見つめた。

だから陽は、今まで誰にも話していなかった、佳純と何があったかを話すことにする。

「もし俺がお前の立場なら、遠ざけるのは秋実じゃなく他の奴らだ。秋実は何一つ悪くなく、嫉妬をして嫌がらせをする奴らが悪いんだからな」

「じゃあ、君はどうして佳純ちゃんを遠ざけたんだ……？」

「終わって解決したことを蒸し返すのは、どうかと思うが……この際だから教えてやるよ。あいつはな――」

陽は、どうして自分が佳純を突き放したのかを話し始めた。

中学に上がってからは、朝から晩まで自分の部屋に居座り離れなかったこと。

他の女子と会話するだけで凄く怒ること。

挙句の果てには陽の進学先まで決め、合格するために缶詰状態で勉強させられたこと。

今挙げたのは一部で、他にも色々と陽は佳純にされてきたことを晴喜に話した。

すると、晴喜は途中からドン引きしてしまった。

「君、よく今まで彼女と付き合ってこられたな……」

「俺があいつをあんなふうにしたところがあるから、正直そこについてはあまり責められない。ただ、それがあいつを突き放した理由だ。だから、お前とは理由が違うんだよ」

「なるほどね……。でも、だからって僕がどうしようと僕の勝手じゃないか。君にとやかく言われる筋合いはないと思うよ？　それとも、君は自分の気持ちを押し殺してまで、真凛ちゃんと付き合えと言うのか？」

晴喜は陽とわかりあうことができないと理解すると、手のひらを返すように自分は悪くないと主張を始めた。

確かに彼の言う通り、どうするかを決めていいのは本人だけだ。

そして、当然陽も真凜と付き合えと言うつもりなんてなかった。

そんなことをしたところで、晴喜に気持ちがないのなら真凜が余計に傷つくだけだからだ。

しかし――。

「俺がお前を許せないのは、秋実と付き合わなかったことじゃない。お前のやったことが、最低だからだよ」

「どういうことだい……？」

「お前、秋実に諦めさせるために、根本を利用しただろ？」

「あぁ、幼馴染みを利用されたから怒ってるのか。だけど、先に僕を利用しようとしたのは彼女だよ？　だから利用し返して何が悪いのかな？」

「確かに、あいつがやったことも最低だ。だからあいつにも、きちんとそれはわからせる。だけどな――」

陽はそこで言葉を切り、晴喜へと向かって歩を進めた。

そして――ガシッと、晴喜の胸倉を摑み上げる。

「秋実はお前に好きになってもらいたくて、ずっと頑張っていたんだろうが。それを、どうしてお前は向き合ってやらず、こんな汚いやり方であいつの心を折ったんだ？　お前らの茶番に巻き込まれたあいつが、どれだけ泣いたか知っているのか？」

陽が許せなかったのは、その部分だった。

真凛はこの男を信じてずっと好きでいた。

そして、自分が選んでもらえなくてもなお、晴喜と佳純の幸せを願い、苦しさを自分一人で噛み殺そうと泣き続けていたのだ。

その姿を見て彼女の気持ちを理解していた陽は、その気持ちを裏切る真似をした晴喜のことが、どうしても許せなかった。

「らしくないな。君はクールで周りのことに興味がないと思っていたのに、どうしてそこまで怒るんだ？」

胸倉を掴まれているにもかかわらず、晴喜に怯えた様子は一切ない。

当然だ、彼も伊達に、一年間陽と同じクラスで過ごしてはいない。

ここで暴力を振るうような、軽率な男ではないことを晴喜は理解していた。

しかし、その余裕が陽をイラつかせる。

元々陽は、晴喜に対して真凛とちゃんと正面から向き合ってくれるように、頼むつもりでこの場に彼を呼び出した。

茶番劇によって真凛を傷つけたことや、佳純を利用して彼女も陥れようとしたことに腹は立っていたけれど、それでも晴喜が真凛と正面から向き合い何かしらの区切りを付けてくれることが、一番丸く収まると思ったのだ。

晴喜が真凛を遠ざける選択をした以上、真凛の恋が成就する可能性は低いだろう。

しかし、再度振られて傷ついたとしても、それで今度こそ真凛は前に進むことができるはずだ。

陽は既に、佳純に対する真凛の接し方から気が付いていた。

佳純が抱く想いについて、真凛が気が付いていることに。

そのせいで真凛の中に、燻る想いができてしまったのではないかと陽は危惧している。

たとえそうでなかったとしても、いずれ真凛がこの茶番劇のことに気が付いた時、彼女は酷く傷ついてしまうだろう。

そうなる前に、陽は晴喜に真凛と向き合ってほしかった。

それなのに――晴喜は、真凛に対して悪いと思うどころか、彼女の存在をうっとうしいと答えた。

まじめな話を茶化していることもあり、それで陽はキレてしまったのだ。

「お前は十年以上傍にいて、本当にあいつのことを、うっとうしいとしか思わなかったのかよ？」

「最初はかわいいと思ってたさ。だけど、日に日に彼女の存在が目障りになった。平穏に暮らしたい僕にとっては、厄介なことこの上ないのさ」

日に日に彼女の存在が目障りになった――その言葉を聞き、陽は一瞬かつての自分を晴喜に重ねる。

自分も、日に日に佳純の存在が嫌になっていった。

形が違うとはいえ、積もる気持ちがどういう結末をもたらすのか――それは、元凶との決別だ。

そして陽は理解する。

どうして自分は、佳純と正面から向き合って突き放したのに、晴喜はこんな回りくどいやり方で真凛を突き放したのか。

それは、晴喜も真凛が悪いというわけではない、と無意識に理解しているからこそ、彼女にその気持ちをぶつけられず逃げてしまったのだ。

「だからって――」

「それに、佳純ちゃんも同じだ。彼女のせいで、僕はより酷い目を向けられるようになった。だから、馬鹿な彼女の背中を押してやったんだよ。適当に見つけた恋愛雑誌を、彼女に渡してね」

佳純は陽の気を惹きたかった。

そして、その邪魔になりそうな真凛を遠ざけたくて晴喜に近寄ったのだが、その時に陽の気を惹きたいのなら、別の男子に本気で言い寄っているように見せたほうがいい、と教わったのだ。

しかし、普通の男子ならそれでよかったのかもしれないけれど、他人に関心の薄い陽にそれは逆効果。

それを知らずに、佳純は晴喜の言葉を鵜呑みにしてしまい、一年以上遠回りをしてしまった。

一瞬晴喜の言葉に気持ちが揺らぎそうになった陽だが、晴喜の佳純に対する言葉を聞いて再度怒りを燃やす。

「お前、秋実(あきみ)や根本の気持ちを弄んで、罪悪感はないのか……？」

「あるわけないじゃないか、とても愉快だったよ。僕を苦しめた奴(やつ)らが、苦しそうにする姿を見るのはね。とくに君と真凛ちゃんが付き合い始めたって噂(うわさ)を聞いた、佳純ちゃんの顔は傑作だったよ。思わず写真を撮りたくなったな」

「木下(きのした)……！」

「はは、そんな怒るなよ。こっちだって、苦労はしてるんだよ？　君たちの動向が気になる佳純ちゃんに連れまわされるわ、嫉妬に狂った彼女に、人を殺せそうな目を向けられるわ――で。全く、本当にいい迷惑だよ」

　あくまで笑い倒すように話す晴喜。

　明らかに狂っているような様子だ。

（そうか……壊れていたのは、佳純だけじゃないのか……）

　ようやく陽は、晴喜の様子がおかしい理由に合点がいく。

　そもそも彼は既に答えを言っていたのに、その時にはもう頭に血が上っていた陽は、気に留めることができていなかったのだ。

　そのため再度陽は、この一件を丸く収めるために冷静になろうと深呼吸をする。

　そして、事実確認をするために彼に尋ねようとしたのだが――。

「お前、いったい過去に何が――」

「――やめてください！」

思わぬ人物の登場により、それは遮られてしまった。

「秋実、どうしてここに……？」

陽は、突如現れた真凛に対して動揺を隠せない。

この話を聞かれてしまった時、真凛が酷く傷つくことはわかっていた。

だから陽は、晴喜と自分が屋上に行くまでの時間を、佳純に稼いでもらうようにしていたのだ。

しかし、陽は真凛のことをまだ理解できていなかった。

教室に自分がいなければ諦めて帰るだろうと思っていた陽だが、真凛はその後陽を探しに出てしまったのだ。

理由は、佳純の足止めが腑に落ちなかったこと。

そしてその前に、クラスで佳純と晴喜が何か話をしており、彼だけが先に教室を出ていたことだ。

それにより、陽が晴喜と接触しようとしているのではないかと思い、真凛は陽を探しに出た。

最初に屋上へ向かったのは、ただの偶然だ。

もしかしたら陽なら、景色が見える屋上で話をしようとするのではないか、ただそれだけの理由だった。

だけど、その勘は見事的中してしまい、この場に彼女は来てしまったのだ。

「何をしているのですか！　晴(はる)君から手を放してください！」

真凜はそう大きな声を出しながら、陽の手を放させようとする。

そんな真凜の顔を見て、陽は息を呑(の)んだ。

「お前、話を聞いて……」

必死に陽の手を放させようとする真凜は、両目からたくさんの涙を流していた。

それが何を意味するのか、理解できないほど陽も馬鹿ではない。

「…………晴君、ごめんなさい……」

陽が手を放すと、真凜は陽に背中を向けて、晴喜に頭を下げた。

そして顔を上げ、涙を流しながらニコッと笑みを浮かべる。

「私が晴君をずっと傷つけていたのですね。本当に、ごめんなさい。でも、安心してください。私はもう、晴君に近寄ることを致しませんので」

震える声で発せられた優しい声。

陽は改めて、真凜の強さを再認識する。

好きだった人に裏切られており、そしてその人に傷ついた自分のことを笑われていたにもかかわらず、真凜は怒りを見せなかった。

それどころか、相手に対して謝り、相手のために自分を制しようとしている。

そんなことができる人間を、陽は彼女以外知らない。

「真凛ちゃん……」

晴喜も、真凛の突然の登場には戸惑っている。

いや、それどころか——先程の会話を聞かれていることに焦り、申し訳なさそうにしているように見えた。

陽はその変化を見逃さなかった。

少なくとも、これが演技ではないことを確信する。

真凛は動揺する晴喜に対して再度笑いかけ、その後は視線を外し、今度は陽の顔を見上げた。

そして、同じようにニコッとかわいらしく笑みを浮かべて、口を開く。

「葉桜（はざくら）君も、ありがとうございました」

「怒らないのか……？」

てっきり、先程の態度から真凛は陽に怒っていると思っていたのに、真凛は叱責するどころかお礼を言ってきた。

そのことを陽は意外に思う。

しかし、これは真凛にとって当たり前のことのようだ。

「私のために怒ってくださった御方（おかた）を、どうして怒ることができるのですか？」

それは、先程と同じようにとても優しい声。

だけど、無理に出した声ではなく、きちんと陽に感謝をしているからこそ、発せられた声だと陽は理解できた。

そして、目の前で笑みを浮かべる女の子を見た陽は、自分がしていたことを幼稚に感じてしまった。

だからこそ、考えを改める。

「相変わらず、お前は強いよな」

真凛のことを凄い人間だと思った陽は、真凛に対して優しい笑みを見せた。

それにより真凛は息を呑むのだが、そんな彼女の頭をポンポンッと優しく叩いて、陽は口を開く。

「悪いな、お前を傷つけたくなくて、もっと簡単に収めるつもりだったのに……少し、感情的になってしまった」

「あっ、いえ……本当に、感謝はしておりますので……」

「あぁ、ありがとう。お前からしたらもう終わっていたことかもしれないのに、蒸し返してごめんな。だけど、もう少しだけでしゃばらせてほしい」

陽はそれだけ言うと、慰めるように優しく真凛の頭を撫でた。

そして、晴喜のことを見つめる。

「なぁ木下。過去に何があった？　まだ言っていないことがあるんじゃないのか？」

既に陽は、晴喜にいったい何があったのか想像がついていた。

それを、真凜がいるところで話させていいのか——という疑問は正直あったけれど、この状況で、真凜が一人立ち去ることはないと理解している。

だから、彼女に対して更なる追いうちになるかもしれないが、それも覚悟で陽は一歩踏み込んだのだ。

もし陽の想像した通りのことが起きているのなら、ここで晴喜は切り捨てるべき対象ではなく、真凜同様に助けないといけない対象に変わる。

そしてそれこそが、一番今回の件を丸く収める手段だと陽は判断した。

「僕は——」

陽の問いかけに対し、晴喜は口を開きかけ——そして、すぐに閉ざしてしまった。

晴喜にとって陽は長年一緒にいた友でもなければ、親しき友人でもない。

そんな相手に話せるほど、晴喜の抱える闇は軽いものではなかった。

だからこそ、陽はもう少し彼に対して踏み込む。

「馬鹿にするような態度を取っていたのに、実際に秋実を前にするとお前は罪悪感を抱いていた。それがお前の本心じゃないのか？」

陽にとって、一つ腑に落ちないことがあった。

それは、どうして真凜が、この男を好きになったのかということだ。

高校生となった今では、長年の恋に対して盲目になっていただけかもしれない。

しかし、聞いた話によれば、幼かった頃から真凜は晴喜を好きだと言っていた。

たとえそれが幼さゆえだとしても、学年が上がるうちに気持ちは変わっているだろう。

それが変わらなかったということは、それだけの要素を晴喜が持っていたことになる。

そして、小学生の頃から、他人を騙せるほどの頭が晴喜にあるとは思えない。

それらのことから、やはり昔の晴喜は優しかったのだろう。

いや、それどころか、一年生の時にお人よしすぎる晴喜の一面を陽は見てきており、それらが演技にはどうしても思えなかった。

だから、そんな男がこれだけのことをするようになったのは、それ相応の理由があるはず。

その一つに、陽は思い当たる節があった。

「僕は……」

だけど、やはり晴喜は口を開いてはすぐに閉じてしまう。

その様子から、それだけ口にするのが重いことだというのがわかる。

しかし、これでは話が進まない。

だから、陽は核心を突くことにした。

「いじめを受けていた、違うか？」

「――っ！」

陽の言葉を聞いた晴喜は、明らかに動揺した表情で陽の顔を見つめた。

その様子を見て、真凛は驚いたように陽の顔を見上げる。

「どういう、ことですか……？」

その声は先程よりも震えており、晴喜と同じくらいに動揺しているように思えた。

だけど、ここからは陽も想像の範囲でしかない。

全てを知るには、本人の口から聞く以外ないのだ。

だから陽は真凛をスルーして、再度晴喜に声をかける。

「うちの生徒たちにそんな馬鹿なことをする奴はいないと思うが、お前は今も誰かにそういうことをされているのか？　それとも、中学時代に受けていたのか？」

「………………」

陽の問いかけに対し、晴喜は再び黙り込んでしまう。

そんな晴喜に対して、再度陽が口を開く前に、真凛が晴喜の両肩を摑(つか)んで顔を覗(のぞ)き込んでしまった。

「教えてください、晴君……！」

「………………」

しかし、晴喜は辛(つら)そうな表情をするだけで、言葉を発しようとはしなかった。

それだけで、よほどのことがあったというのがわかる。

何より、人格が壊れるようなことが過去にあったことは、間違いなかった。

そのことを真凛が知らないということは、余程巧妙に手を回せる相手にやられていたのかもしれない。

そんなことを考えながら、陽は真凛の肩に手を置き、どけるように指示をした。

そして、晴喜の目を近距離から見つめ、ゆっくりと口を開く。

「お前、もしかしてまだ……そいつらに、何かされているのか？」

「――っ！」

陽の質問に対し、晴喜は肩を大きく震わせた。

それで陽は確信する。

まさか現在進行形でいじめが行われているとは思わなかったが、それなら晴喜が中々口にしないことも合点がいく。

ここで打ち明けたことがバレた時、何かしらの報復をされることを恐れているのだ。

そんな晴喜に対し、陽は自分の提示できる最大限のことを口にする。

「さっきまで、お前を責めていた奴の言葉なんて信じられないかもしれないが、一つだけ俺はお前と秋実に約束をするよ。お前がちゃんと打ち明けてくれるのだったら、俺がそいつ――いや、そいつらをどうにかしてやる」

陽は知っていた。

こういういじめをする時、人は一人ではなく集団で行うことを。

「どうして、君が……？　君は怒ってるんだろ……？」

「あぁ、そうだな。だけど、俺が一番に願うのは、今回の件を丸く収めることだ。そのためには尽力する」

「でも、君一人でなんて……」

「まぁ詳しくは言えないが、心配するな。そういう汚い奴らを潰す手段を、俺は持っている。ただそれだけの話だ」

陽が力強くそう言うと、晴喜はゆっくりと口を開いた。

――陽は晴喜から相手の名前、されていたこと、やられ始めた時期などの全てを聞き出すと、彼らから離れてあるところに電話をかける。

『――にゃはは、君が僕を頼ってくるなんて、珍しいこともあるものだにゃ〜。でも、生憎僕人気者だから、忙しくて〜。だから、どうしよっかにゃ〜？』

「あぁ、そうか。じゃあ他をあたるからいい」

電話越しに聞こえてきた愉快そうに笑う声に対し、陽はすぐに電話を切ろうとする。

最初に電話越しの相手にかけただけで、今回陽にはいくつものやり方があった。

その選択肢が一つ潰れたところで、特に困りはしないのだが――。

『わわ、待った待った！　久しぶりに電話してきたのに、その対応は冷たくないかな!?』

「忙しいんだろ？」

焦って素の口調に戻った相手に対して、陽は再度そう言って電話を切ろうとする。

すると、相手は更に焦ったように口を開いた。

『君と僕の仲でしょ、予定ぐらい空けるよ！　本当に君はいじわるだよね！』

「いや、俺はお前と、そこまで仲良くなったつもりはないんだが……」

『君はほんっとうに、何年経っても変わらないね!?』

「まぁそんなのはどうでもいいが」

『よくないけど!?』

流そうとする陽に対し、懸命に噛みつく電話越しの相手。

しかし陽は、特別視している相手以外は基本的に取り合わない。

「早急に対処したい事案がある」

『む、無視……。君ぐらいだよ、僕をこんな雑に扱うのは……』

そう言いながらも、どこか嬉しそうな声が聞こえてくるので陽は眉を顰めた。

(電話する相手、間違えたか?)

そんなことを考えながら、陽は口を開く。

「それで、協力してくれるのか?　報酬はネタの提供と金だ」

『もう、仕方ないにゃ～。今回だけ特別だよ?』

陽が勝手に話を進めると、電話越しの相手は、また若干猫語を混ぜて喋りだした。

この口調は知り合った時から続いており、本人からしたらキャラ付けらしいので、陽は特にツッコミを入れることはしない。

「あぁ、助かる。ついでに、今から送る奴らの素性などもしっかりと調べてくれ」

『にゃんで?　叩き潰すだけじゃだめなのかにゃ?』

「一応裏を取っておきたいのと、どこまでしていいのか、という判断材料にしたい。それと、もし他にも何かやっているのなら、そちら方面を理由に俺たちが動いた体を取りたいんだ」

『にゃるほど～。君を頼ってきた人物が、万が一にも報復されないためにゃ～。それにしても、君が佳純ちゃん以外のことで動くなんてめっずらしぃ～』

「色々とあるんだよ」

『真凛ちゃん、かわいいもんにゃ～』

「──っ!」

電話相手から真凛の名前が出てきて、陽は思わず息を吞む。

陽がこの相手と話すのは久しぶりで、少なくとも真凛の存在を話したことはない。

それどころか、ほのめかしたことすらないはずだ。

それなのに、相手が知っているということは──。

「お前、俺のことを調べていたな……?　相変わらずのストーカーめ」

陽はスマホを耳に当てたまま、嫌そうに眉を顰めた。

すると、錆びた屋上のドアがギィーッと開き始める。

「人聞き悪いことを言わないでほしいにゃ～。ストーカーじゃなく、探偵。事件、依頼の匂いがしたら、飛んできてるだけにゃ～」

現れたのは、猫耳の形をした帽子を被る、陽とそれほど歳が変わらない人間。

女の子みたいにかわいらしい顔付きをしているが、服装は男物を着ている。

真凛と晴喜は現れた人物の顔を見て凄く驚くが、陽は二人の反応をスルーしてその人物に話しかけた。

「おい、部外者は不法侵入だぞ？　それに、東京にいるはずのお前が、どうしてここにいるんだ、凪沙？」

陽たちの前に現れたのは、神風凪沙。

陽と同い年にもかかわらず、高校に行かずに探偵をしている、少し変わった人間だ。

そして、陽と共通した部分も持つ。

「にゃはは、細かいことは気にしないほうがいいのにゃ〜。ただの気まぐれで近くにいただけにゃ〜」

凪沙はかわいらしい笑顔を見せながら、テクテクと陽に近付いてくる。

陽は凪沙の言うことを愚直に信じたりはしない。

凪沙が岡山に来ている理由や、陽のことを調べていた理由を考え、一つの答えを導き出した。

「なるほど、あいつから依頼をされたな？」

凪沙がわざわざ岡山に来るとすれば、それは依頼を受けた時だ。

そして、陽のことを調べたがる人物には、一人しか心当たりがない。

「あはは、気まぐれで来ただけって、言ってるじゃないかにゃ〜」

しかし、凪沙は誤魔化してしまった。

「素直に答えるつもりはないってことか」

凪沙は探偵を生業にしている。

そして守秘義務があるため、クライアントの情報などは一切洩らさないのだ。

「それよりも、依頼の話を進めてもいいかにゃ？」

「あぁ、そうだな」

凪沙に答えるつもりがないのであれば、どれだけ聞いても情報は洩らさない。

だから、頭を切り替えて話を進めることにした。

「わざわざ顔を見せたのはどうしてだ？」

「依頼を引き受けるに当たって、直接許可をもらっておきたいことがあるんだにゃ〜。一応、全国に流れるものだからにゃ〜」

そう言う凪沙は、視線を真凛と晴喜に向ける。

すると、凪沙に視線が釘付けになっていた真凛が、ゆっくりと口を開いた。

「な、凪沙ちゃん……！　現在人気動画配信者の中で、トップテンに入っている、懲らしめ系動画配信者の凪沙ちゃんですか!?」

真凛の言葉を聞き、陽は凪沙に対して、いつの間にそこまで人気者になっていたんだ、と疑問を浮かべる。

（いくら顔がかわいい系とはいえ、男が猫語を使うなんて嫌がられそうなのに……世の中、わからないものだな……）

「ご紹介どうもにゃ。その通り、凪沙だにゃ」

凪沙が挨拶と同時にお決まりの猫ポーズをすると、真凜は興奮して拍手を始めた。

（こいつ、意外とミーハーなんだよな……）

陽は真凜の反応に対して苦笑いをしながら、凪沙の頭に手を置く。

「とりあえず、人のことを嗅ぎ回っていたことは、後で説教するからな」

「にゃ!?　僕が色々と知ってたからこそ、これからスピード解決できそうだっていうのに、それはないと思うのにゃ！」

「それとこれとは話が別だ」

「にゃ〜！」

凪沙の主張を陽がバッサリと切り捨てると、凪沙は悲鳴に近い声をあげてしまった。

そして、二人のやりとりを見ていた真凜といえば――。

「お、お二人は、どのようなご関係で……?」

陽と凪沙の関係が、凄く気になってしまっていた。

「あぁ、なんというか……ちょっと昔関わったことがあって、それで知り合いなだけだ」

「そうなのですね……」

若干陽が誤魔化し気味に答えると、真凜は不思議そうに陽と凪沙を交互に見る。

そんな真凜を横目に、陽は真剣な表情で凪沙を見た。

「まぁ今はそんなことよりも、優先しないといけないことがある。凪沙、実際にどれくらいかかる?」

「ん〜、既に相手の情報は調べ尽くしているし、証拠もたくさん持ってるにゃ〜」

「なんで、木下関係のことまで調べているんだよ……」

相手の情報を調べ尽くしている、と発言した時点で、晴喜にとって問題になる相手がいることを、最初から知っていたことになる。

そうでなければ、陽が調べてほしいと言った対象のことを、凪沙が事前に調べているはずがないからだ。

「細かいことは気にするな、にゃ!」

しかし、そのことについても凪沙は答えないらしい。

陽は誰の依頼で凪沙がそこまで調べたのか見当がついているので、今は話を進めることにした。

「つまり、後は木下の許可さえ下りれば、今日中に片がつくってことだな?」

「そういうことにゃ〜」

凪沙の答えを聞いて、さっきまでの電話でしていたやりとりはなんだったのか、と少しツッコミたくなる陽だが、早い決着になりそうなので目を瞑ることにした。

その代わり、凪沙を交えて晴喜にこれからすることの説明をし、陽は凪沙とともに実行に移すのだった。

「――はは、あの間抜けの顔見たかよ！」

「もう、許してくださぁい、だってよ！　全裸土下座で、よくやるよなぁ！」

シーンと静まり返った夜の公園に響き渡る、下品な笑い声。

四人の不良が、ビールを片手に大笑いをしていた。

「へぇ……随分と、楽しそうだな」

そんな不良たちに声をかけるのは、猫の仮面を付けた、一人の男。

彼――仮面の男は、不良たちを見下ろすように立っていた。

当然、突如現れた仮面の男に対し、たむろしていた不良たちは怪訝そうに見上げる。

「なんだ、お前？」

「名乗るほどの者じゃない」

「いや、つかさ……何、その面!?　ぷっははは……お前正気かよ!?」

「祭り帰りか!?　祭り帰りなのか!?」

「それにしても、男が猫の面って……！」

不良たちも、体格や声から、猫の仮面を付けているのが男だと理解したようだ。

腹を押さえながら、全員可笑しそうに立ち上がった。

「まっ、笑われるよなぁ……。さて、楽しそうなところ悪いが、少々話がある」

「あっ？　こっちはてめぇに用なんてねぇんだよ」

仮面の男の言葉に対し、不良の一人が舌を出しながら挑発的に猫仮面を見てきた。

他の三人も、同じように仮面の男を挑発してくる。

仮面の男はそんな四人に呆れ、大きく溜息を吐いた。

それが相手の神経を逆撫でしたのだろう。

額に怒りマークを浮かべた不良が、仮面の男の胸倉を掴んできた。

酔っているせいか、随分と沸点は低いようだ。

「おい、誰か知らねぇけどよ、調子に乗ってんじゃねぇぞ？」

「調子に乗っている、か……。それはお前らじゃないのか？」

「あっ？」

「ゆすり、万引き、強姦と、随分と手広くやっているじゃないか。なぁ、葛井聡君？」

「な、なんで、お前、俺の名前やそんなことを知っているんだ……!?」

仮面の男の言葉に、不良たちのリーダー的存在である葛井は、驚きを隠せなかった。

今まで誰にもバレたことはなく、弱味の写真を握って口封じまでしていたはずなのに、どうしてバレているんだ。

そんな疑問を抱きながら、仮面の男の顔を見つめてくる。

「一応聞いておくが、自首する気はあるか？」

仮面の男はめんどくさそうに頭を掻き、首を傾げた。

しかし、不良たちの表情は嘲笑うかのように、笑みへと変わる。

「ばぁ〜か！　誰が自首なんてするかよ！　お前をここで潰してしまえばいい、ただそれだけのことだ！」

葛井がそう言った直後、男の一人が仮面の男の背後から木の棒で殴りかかってきた。

「まっ、そうだよな」

仮面の男はその棒をあっさりと躱し、足をかけて男を転倒させる。

「なっ、お前背中に目でも付いているのか!?」

「いや、こんな音を立てて襲ってこられたら、わかるだろ」

「ちっ、おい！　お前ら囲め！」

すぐには片が付かない、と思ったのだろう。

葛井は他のメンバーに指示をし、仮面の男の四方を塞ぐ。

「さて、と。まずはその仮面を外してもらおうか？」

葛井は指をポキポキと鳴らし、威圧的に仮面の男へと指示をしてくる。

しかし、仮面の男は右の手の平を空に向け、四本の指をクイイッと動かし、葛井を誘う動きを見せた。

「自分で外してみろよ」

「なっ!?」

脅しに従わず、それどころか挑発をしてきた仮面の男に対して、葛井たちは怒りを燃やす。

そして、襲い掛かってくるのだが――。

「ぶほっ！」

「ごほっ！」

「ぐふっ！」

不良たちは、次々と倒れていった。

「て、てめぇ、よくも仲間を……！」

倒れていった仲間を前にし、葛井は更に怒りを見せる。

しかし――。

「いや、お前らが勝手に自滅しただけだろ」

仮面の男は、呆れたように溜息を吐いた。

というのも、この不良たち――実は、それぞれ仲間同士を殴って倒れていったのだ。

仮面の男はただ単に、不良たちの攻撃を躱していたにすぎない。

もちろん、わざとそうなるように位置を取り、ギリギリを狙って躱してはいたのだが。

だから、他の三人が倒れたことによって殴られる相手がいなくなった、葛井だけが現在立っている。

「武道を、かじってやがるのか……？」

「さぁ、どうだろうな？」

動揺する葛井を、仮面の男は首を傾げて煽（あお）る。

すると、更に葛井の怒りマークはくっきりと浮かび上がるが——何を思ったのか思い留（とど）まり、大きく深呼吸をした。

それにより、葛井の全身の熱が外に逃げる。

「残念だったな、武道経験者はお前だけじゃねぇんだよ」

葛井は構えを取り、ジッと仮面の男を見つめた。

（情報通り、こいつは武道経験者か。結構やりそうだな）

葛井の構えを見た仮面の男も、自己流の構えを取る。

「んっ……？　見たことねぇ型だな……」

（そりゃあ、そうだろうな）

葛井の漏らした言葉に、仮面の男は思わず苦笑いを浮かべる。

そうしていると、倒れていた男たちも立ち上がってきた。

「さて、どうする？　さっきのようにはいかねぇぞ？」

「いいから、こいよ」

勝ち誇った表情をした葛井に対し、仮面の男は再度挑発をした。

それにより、折角逃がした熱を葛井はまた、体の内へとこもらせてしまう。

人は怒れば怒るほど、動きが単調になるものだ。

だからあえて、仮面の男は相手を怒らせ、動きを読みやすくしていた。

しかし――武道経験者は一人といえど、他のメンバーも喧嘩慣れした不良たち。

仮面の男は不良たちの攻撃を躱していたが、次第にボディへと相手の攻撃が当たり始めた。

そして、躱すのが精一杯なのか、何度か攻撃の素振りは見せるものの、仮面の男は一発も攻撃をできていない。

ジリ貧で仮面の男がやられるのは、誰の目から見ても明らかだった。

「――ぐっ……」

十数分が経った頃――葛井の一発が、綺麗に仮面の男の腹へと入った。

それにより、仮面の男は地面に倒れてしまう。

「はは、やった！　やってやったぞ！　おいお前ら！　調子に乗った罰を与えてやれ！」

ここまで手こずった相手を沈めることができた葛井は、嬉しそうにメンバーへと指示をした。

それにより、メンバーたちは地面に転がる仮面の男の体を、乱暴に蹴り始める。

仮面の男は顔だけをガードするが――それ以外は、やられ放題だった。

「はぁ……はぁ……そろそろ、その面を拝ませてもらうか……」

仮面の男を蹴り疲れた葛井は、ニヤッと笑みを浮かべながら仮面へと手を伸ばす。

直後――。

「お前ら、何をしているんだ！」

警察官が、数人現れた。

それにより、葛井たちの表情が一変する。

「なっ、どうして警察が――ごぼっ！」

葛井が警察に気を取られた直後、仮面の男の右ストレートが葛井の腹に喰い込んだ。

思わぬカウンターを受けた葛井は、意識を失って地面へと倒れ込む。

「く、葛井!? おい、しっかりしろ！」

「こ、こいつ、なんでここまでやられて、まだ動けるんだよ……！」

リーダー格である葛井が一発で沈められたことと、警察が来たことで不良たちは動揺を隠しきれなかった。

そんな中、仮面の男はめんどくさそうに首を傾げながら立ち上がり、不良たちを見据える。

「てめぇら、好き放題蹴りやがって……急所は避けてても、痛いんだからな……！」

実は、蹴られる際に後頭部などの喰らうとまずい部分を、仮面の男はピンポイントで避けていたのだ。

とはいえ、急所でなくても蹴られれば痛みはある。

おかげで、すっかり仮面の男のほうもぶち切れていた。

「――はい、ストップストップ！ それ以上は、やりすぎだにゃ」

そう言って、仮面の男と不良たちの間に割り込んできたのは、ビデオカメラを持った凪沙だった。

「こ、こいつ、懲らしめ系動画配信者の、凪沙か……!?」

「おっ、僕のこと知ってくれてるにゃ？　その通り、凪沙だにゃ」

不良の一人が知っていたことで、凪沙は笑みを浮かべてお決まりの猫ポーズをする。

場違い感が半端ないポーズに、仮面の男は呆れて溜息を吐いた。

「ここでもやるのかよ……」

「ファンサービスは大切だにゃ。まぁ、この人たちはファンじゃないだろうし、この辺はさすがに動画に流れないけどにゃ」

「その口調も、今はいいんじゃないのか？」

「キャラ付けは大切だにゃ！」

「な、凪沙がここにいるってことは……も、もしかして……」

仮面の男と凪沙がふざけたやりとりをしていると、凪沙のことを知っていた不良が怯えたような表情を浮かべ、唇を震わせる。

すると、凪沙はまるで悪キャラかのように、ニヤッと笑みを浮かべた。

「そっ、君たちの悪事は、先程動画サイトに全て流しているにゃ。唯一残念なのは、そこで転がっている葛井って人以外は、まだ十八になってないから、名前を出せなかったことかにゃ。でも、モザイク有りの悪事を働く現場や証拠は流しているし、特徴とかは言って

HD

るから、君たちの知り合いは誰のことかもうわかってるだろうにゃ」

四人中、葛井ともう一人の男が高校三年生で、他二人は高校二年生だった。

そして、三年生のうち葛井は誕生日を迎えているけれど、もう一人は迎えていなかったので、成年している葛井だけの名前しか、凪沙は公開しなかったのだ。

しかし、普段葛井とつるんでいる人間が悪事に加担しているのは明らかで、特徴まで言われてしまえば、知り合いならすぐに特定できる。

そのため、彼らに逃げ場はもうなかった。

「も、もしかして、そこの警察官も……」

「ごめんにゃ、僕結構警察に顔が利くんだにゃ。ということで、君たち暴行の現行犯逮捕だにゃ～！」

「「「くそがぁあああああ！」」」

三人の男たちは、叫び声を上げながら警察官たちに連れて行かれてしまった。

葛井も気絶をしてはいるが、捕らえられる対象なのでそのまま連れて行かれた。

凪沙はそんな彼らの後ろ姿を眺めた後、ゆっくりと仮面の男を見上げる。

「にゃはは、随分とやられたみたいだにゃ」

全身ボロボロになっている仮面の男を前にし、凪沙は楽しそうに笑みを浮かべる。

「くそっ……一人だけ楽しみやがって……。ここまでやる必要あったのかよ……」

仮面の男は納得がいかない様子を見せながら、ゆっくりとその仮面を外した。

「うんうん、顔は無傷。よかったじゃにゃいか、陽君」

仮面を外した顔を見た凪沙は、満足そうにコクコクと頷いた。

逆に、陽はイライラが隠せない表情で口を開く。

「本当は、全員に一発入れてやるつもりだったのに……」

「そこまでしてしまったら、正当防衛じゃなく、過剰防衛で陽君まで捕まるにゃ」

「たった一発でかよ……!?」

「君の場合、一発が重いんだにゃ」

不意を突かれたとはいえ、武道経験者の葛井を一撃で沈めた陽の拳は、下手な人間なら骨が折れてもおかしくない。

だから、ギリギリ陽が葛井にだけ一撃を入れられるであろうタイミングで、凪沙は警察官をけしかけた。

もう少し遅ければ、キレて我慢ができなくなった陽が大暴れしていただろう。

「後は、明日病院で診断してもらえば、暴行罪ではなくて傷害罪にできると思うにゃ」

「その辺は詳しく知らないから、後のことは任せる。まぁ顔さえ無傷なら、あいつらに誤魔化し通せるから問題ないか」

顔に怪我があった場合、真凛や晴喜は何があったか容易に理解する。

そして、罪悪感に駆られてしまうだろう。

だから陽は、顔だけは無傷にとどめておく必要があった。

「あれだけ蹴られてピンピンとしているところを見ると、本当に同じ人間か疑いたくなるにゃ……」

「いや、お前が言うのかよ……」

「僕は、そもそも攻撃を喰らわにゃいから」

小柄で一見弱そうに見える凪沙だが、実は武道を極めている。

だから、並大抵の人間であれば、一撃も入れることができないのだ。

「まぁさすが、佳純（かすみ）ちゃんのために鍛えているだけあるにゃ。自己流でここまで強い男を、僕は知らにゃいもん。なんせ君は、唯一僕を――」

「茶化すのは、その辺にしろ。お前の無茶なプランに付き合わされたから、こっちはしんどいんだ」

「彼らを今すぐに逮捕したいって言ったのは、君にゃのに!?　もう少し、僕に感謝とか、褒めるとかしてくれてもいいと思うにゃ……！」

「あぁ、感謝はしてる。おかげでスピード解決だ。ありがとう、凪沙」

「くっ、この男は……相変わらず、飴（あめ）と鞭（むち）の使い方がうまいにゃ……」

陽が笑顔でお礼を言うと、凪沙はプイッとソッポを向き、顔を赤らめながらブツブツと何かを呟（つぶや）くのだった。

◆

次の日の放課後——陽は、真凛によって屋上に呼び出されていた。

「本当に、たった一日で、全て解決してしまわれたのですね……」

昨夜、真凛のスマホに晴喜から『もう大丈夫』という連絡が入った。

真凛はその報せで、晴喜をいじめていた人間たちの悪さをしている動画が、動画投稿サイトにアップされていることを知った。

ただ、てっきり真凛と晴喜は、この動画を見た警察が、裏を取って彼らを捕まえてくれると思っていた。

しかし、今朝のニュースでその男たちが逮捕されたと知り、あまりのスピード解決に驚いた様子を見せているのだ。

「凪沙のチャンネルで、あいつらの今までの悪事は公になったからな。ただ、今朝のニュースで見たが、すぐに捕まったのは運が良かった。普通あんなにすぐは捕まらないんじゃないか？」

「一般男性に、四人がかりで暴行をしていたところを、たまたまパトロールしていた警察官が捕まえたんですよね？　あまりにも、タイミングが良すぎませんか……？」

「凪沙のチャンネルは警察官も多くチェックしているらしいからな。マークしようとしたか、裏を取ろうとしていたのかは知らないが、目を付けられていると知らずに行動を起こした、あいつらが間抜けだったんだろ」

陽は、アップされた動画以外のことについては、あくまで知らないフリをする。体を張ってまですぐに葛井たちを逮捕した、と知れば、真凜がいらぬ気遣いを見せると思ったからだ。

——しかし、陽はまだ、真凜のことを甘く見ていた。

（葉桜君……ほんの少しだけ、体の動きがぎこちないです……。今回の逮捕はおそらく、偶然ではなくて彼のおかげ……）

ここ最近一緒にいたことで、真凜は普段の陽をよく見ていた。

その時の動きと、今の陽の動きでは、違和感が生じているのだ。

だけど、その動きの違いはほぼ誤差に近いレベルで、違和感を感じ取った真凜の観察眼が凄いといえる。

自分を俯瞰的に見ることができず、わずかな違和感が生じていることに気が付いていない陽は、何事もなかったかのように言葉を続けた。

「まぁそれにしても、中々のクズだったな。木下だけじゃなく他にもいじめをしていて、そいつらの金を巻き上げていたり、万引きの常習犯だったりと、正直救いようがない」

真凜が女の子なので口にしなかったが、葛井たちは強姦もしている。

そこまでの悪事をしている奴らだからこそ、陽は容赦をしなかった。

晴喜へのいじめは中学一年生の時から始まっていたらしく、それが次第にエスカレートして彼らを調子に乗らせていたのだろう。

いじめや万引き、そして強姦は、相手の人生を滅茶苦茶にする行為。

そんなことをしたのなら、それ相応の報いを受けるのは当たり前だと陽は思っていた。

「葛井先輩もそうですが……他の方たちも、そんな酷いことをする人たちには見えなかったのですけどね……」

「お前、前に根本に、人を見る目には自信があるって言ったらしいな？　悪いけど、お前に人を見る目はない」

真凛の言葉を聞いた陽は、厳しい口調と冷たい声色でそう発した。

それを聞いた真凛は、悲しげに目を伏せて落ち込んでしまう。

「そんな、いじわるを言わなくてもいいと思うのです……」

「いや、お前は人がよすぎる。だから、もっと人を疑うことを覚えろ」

口は悪いが、陽は真凛のことを本気で心配してそう忠告した。

ひねくれた晴喜に、自分の都合で彼女の傍にいようとした陽。

そして、晴喜をいじめていた葛井たちに、真凛を邪魔者扱いしていた佳純。

今でこそ、真凛は佳純に対しては色々と感情を抱いているが、それまでは佳純のことを憧れの人のように見ていた。

これだけ酷いメンバーが傍にいてもなお、相手を警戒できない真凛は、今後悪い奴に嵌められかねないと陽は懸念したのだ。

だから、考え方を見直してほしかった。

「人を疑うって、とても辛いことですよね……」

「そうだな。でも、実際この世の中には、秋実みたいないい奴なんてほとんどいないんだよ。大なり小なりあれど、誰かしら相手に暗い感情を持っていたり、利用しようと思っている。それが、人間だ」

「それは、葉桜君もですか……？」

真凛は潤んだ瞳で陽のことを見つめながら、そう尋ねてきた。

思わぬ返しに一瞬陽は息を呑むが、真凛の目を見つめ返して頷く。

「あぁ、そうだ。お前と一緒にいようとしたのだって、それが俺にとって利になるからだよ。誰も、お前のためにやっていたわけじゃない」

陽のその言葉を聞いた瞬間、真凛の瞳は大きく揺れる。

裏切られた、そう思ったのかもしれない。

少なくとも、何かしらの動揺があるのはわかった。

「その、利になるとは……？」

「さぁな」

真凛の問いかけに対し、陽は首を傾げてとぼける。

わざわざ言うことではない、そう判断していた。

「私が葉桜君と共にいることは、あなたにもいいことだ、ということなのですね？」

「あぁ、そうだな。だけど、この関係ももう終わりだ」

「………」

陽の言葉を聞き、真凛は黙り込んでしまう。

とても賢い女の子なので、既に理解していたのかもしれない。

「よかったな、木下と仲直りできて。今度はもう邪魔は入らないだろうから、頑張れよ」

陽はそれだけ言うと、踵を返した。

陽と真凛の関係は、失恋した真凛に晴喜のことを忘れさせるためのものだった。

しかし、今回の一件で、晴喜と真凛は元の仲良しの幼馴染みに戻ることになったはずだ。

晴喜の心が不安定だから、元通りになるのはまだ時間がかかるだろうけど、それも時間の問題だろう。

そこに陽がいてしまうと、関係の修復に時間がかかることを陽は理解していた。

だから、この一件が落ち着いた時点で、真凛とは縁を切ることにしていたのだ。

もちろん、惜しいことをしている、と陽も思わないわけではない。

ただ、まだ佳純との約束があり、彼女の気持ちを知っている陽としては、真凛と一緒にいるのは思うところもある。

そのため、これはちょうどよかったのだ、と陽は自分に言い聞かせていた。

しかし——。

「だめ、ですよ……？」

なぜか、立ち去ろうとした陽の服の袖を、真凛は摑んできた。

「秋実……？」

陽が振り向くと、真凛は俯きながら、陽の袖をギュッと力強く摑んでくる。

「約束は、ちゃんと守ってください……」

「いや、約束って――」

もう必要ないだろ？

そう言おうとした陽だが、顔を上げた真凛を見て、思わず言葉をとぎれさせてしまった。

陽を見上げた真凛の顔は真っ赤に染まっており、目は潤んでしまっている。

幼い顔つきにもかかわらず、不思議な色っぽさがあった。

「私が、晴君のことを忘れられるように、してくださるんですよね……？」

「それはもう、必要ないだろ……？」

「女の子を、甘く見ないでください……。もう、元通りになんて戻れませんよ……」

それはどういう意味なのか。

今の陽に、それを聞き返すことはできなかった。

「木下がショックを受けるんじゃないのか……？」

「昨日、あの後二人でちゃんとお話をしました……。これが、私たちの答えです……」

「なるほど……」

二人が納得しているのなら、もう陽に言えることはない。

ましてや、最初に始めたのは自分だ。

真凛が望んでいない以上、勝手に終わらせることはできないだろう。

「本当に、いいんだな？」

「はい」

短く、しかし熱がこもった声を出して、真凛は頷いた。

それを見た陽は、息を吐いて真凛の目を再度見つめる。

「それじゃあ、また週末空けといてくれ」

「あっ、はい……！」

遠回しの言い方をした陽だが、しっかりと真凛には通じており、彼女はとても嬉しそうに頷いた。

――描いていた結末でも、望んでいた結末でもない。

だけど、陽は嬉しそうにする真凛を見て――なぜか、少しだけホッとした。

しかし――。

（これ、絶対にやばいよな……？）

嬉しそうに笑みを浮かべる真凛から顔を背けた陽の脳裏には、不敵な笑みを浮かべる佳純の顔がよぎっており、これから先修羅場が待っている気しかしないのだった。

あとがき

まず初めに、『負けヒロインと俺が付き合っていると周りから勘違いされ、幼馴染みと修羅場になった』をお手にとって頂き、ありがとうございます！

今作は、『小説家になろう』というＷｅｂサイトで連載をしている作品を書籍化して頂けたのですが、実は自費出版をしようとしていた作品になります。

ランキングで、日間、週間、月間一位を取れましたので、『折角だし自費出版をしてみよう！』という感じで進めていたのですが、有難いことにオーバーラップ文庫様にお声がけをして頂けたのです。

お話を頂いた時は、『ありふれた職業で世界最強』という凄く好きな作品を出されているレーベルさんということと、ラブコメに凄く力を入れられているところだというのを知っていたので、ほとんど悩まずに打診を受けました。

まぁ自費出版をするためにいろいろと進めていたので、そこに関しては相談をさせて頂いたのですが、その辺もオーバーラップ文庫様が快諾してくださり、出版まで辿りつけました。

とはいえ、それはあくまで書籍化する際の入り口でしかなく、当然出版するにあたり沢山の方の力をお借りしました。

担当編集者さん、ｐｉｙｏｐｏｙｏ先生をはじめとした、書籍化する際に携わって頂いた関係者の皆様、ご助力頂き本当にありがとうございます。

特に担当編集者さん、夜遅い時間に何度も打ち合わせをして頂き、ありがとうございました。

ここまで念入りに、電話やリモート会議で打ち合わせをさせて頂いたのは初めてでしたが、おかげさまで自信のある作品を世に出させて頂けたと思います。

また、ｐｉｙｏｐｏｙｏ先生には素敵なイラストを描いて頂き、感謝しかありません。先生がお話を快諾してくださったところから始まりましたので、縁に恵まれてよかったな、と思います。

また、Ｗｅｂ連載の頃から応援をしてくださっているファンの皆様、今作が書籍化して頂ける運びになりましたのは、まず間違いなく皆様の応援のおかげです。

いつも応援をして頂き、ありがとうございます。

さて、本作は「負けヒロイン」と「幼馴染み」により修羅場が繰り広げられる作品なのですが、一巻では「負けヒロイン」にスポットを当てております。

ただ、Ｗｅｂ連載では「幼馴染み」の人気が凄く高く――おそらく、一巻を読んでくださった方にはまだ理解して頂けていないと思いますので、二巻を出して頂けるようであれば、「幼馴染み」の魅力もお届けしたいと思います……！

それでは再度になりますが、今作をお手に取って頂き本当にありがとうございました！

作品のご感想、
ファンレターをお待ちしています

あて先
〒141-0031
東京都品川区西五反田 8-1-5 五反田光和ビル4階
オーバーラップ文庫編集部
「ネコクロ」先生係／「piyopoyo」先生係

PC、スマホからWEBアンケートに答えてゲット！

★この書籍で使用しているイラストの『無料壁紙』
★さらに図書カード（1000円分）を毎月10名に抽選でプレゼント！

▶https://over-lap.co.jp/824002907
二次元バーコードまたはURLより本書へのアンケートにご協力ください。
オーバーラップ文庫公式HPのトップページからもアクセスいただけます。
※スマートフォンと PC からのアクセスにのみ対応しております。
※サイトへのアクセスや登録時に発生する通信費等はご負担ください。
※中学生以下の方は保護者の方の了承を得てから回答してください。

オーバーラップ文庫公式 HP ▸ https://over-lap.co.jp/lnv/

負けヒロインと俺が付き合っていると周りから勘違いされ、幼馴染みと修羅場になった 1

発　行　2022年9月25日　初版第一刷発行

著　者　ネコクロ

発行者　永田勝治

発行所　株式会社オーバーラップ
〒141-0031　東京都品川区西五反田 8-1-5

校正・DTP　株式会社鷗来堂

印刷・製本　大日本印刷株式会社

©2022 NEKOKURO
Printed in Japan ISBN 978-4-8240-0290-7 C0193

※本書の内容を無断で複製・複写・放送・データ配信などをすることは、固くお断り致します。
※乱丁本・落丁本はお取り替え致します。下記カスタマーサポートセンターまでご連絡ください。
※定価はカバーに表示してあります。
オーバーラップ　カスタマーサポート
電話：03-6219-0850 ／受付時間 10:00～18:00（土日祝日をのぞく）

【締め切り】

第1ターン 2022年6月末日

第2ターン 2022年12月末日

各ターンの締め切り後4ヶ月以内に佳作を発表。通期で佳作に選出された作品の中から、「大賞」、「金賞」、「銀賞」を選出します。

投稿はオンラインで！ 結果も評価シートもサイトをチェック！

https://over-lap.co.jp/bunko/award/

〈オーバーラップ文庫大賞オンライン〉

※最新情報および応募詳細については上記サイトをご覧ください。
※紙での応募受付は行っておりません。